청소년을 위한
인성
인문학

문학 역사 철학에서
사람다움의 길을 찾다

청소년을 위한
인성
인문학

· 임재성 지음 ·

평단

인문학으로
사람다움을 회복하자

제나라 경공이 공자에게 정치에 대하여 물었다. 그러자 공자는 '군군신신부부자자(君君臣臣父父子子)'라고 대답했다. 임금은 임금답고 신하는 신하다우며, 아버지는 아버지답고 아들은 아들다워야 한다는 것이다. 《논어》 안연편에 나오는 말로 공자는 혼란스러운 사회에서 안정을 이루려면 각자 주어진 역할을 제대로 해야 함을 강조했다. 한마디로 '~답게' 행동해야 한다는 말이다. 임금은 임금답게, 신하는 신하답게, 아버지는 아버지답게, 자녀는 자녀답게 행동하면 문제가 없다는 의미이다. 청소년이라면 청소년답게 생각하고 행동하면 된다는 것이다.

그런데 요즘 우리 사회를 보면 '~답게'가 실종된 듯싶다. 과학기술의 발달로 삶은 편리해졌지만, 인간다움은 찾아보기 힘들다. 그러다 보니 사회 곳곳에서 파열음이 들린다. 인간성마저 파괴되어 도저히 상상할 수 없는 일들이 벌어지고 있다.

청소년들도 다르지 않다. 학교와 학원을 오가며 오로지 좋은 대학, 안정된 직장을 위해 공부에만 매달린다. 치열한 경쟁에서 살아남기 위해 자유와 낭만은 큰 사치일 뿐이다. 청소년답게 산다는 것이 무엇인지 생각할 시간조차 허락되지 않는다. 오직 성적을 올리는 것만이 삶의 전부가 되어 버렸다.

유행처럼 번지는 '인문학' 공부도 성적을 올리는 연장선에 있다. 인문학과 고전을 읽지 않으면 성적은 물론 시대에 뒤떨어진다고 생각한다. 그래서 너도나도 인문학 공부에 열을 올린다. 고전은 이제 교과과목으로 배워야 한다. 결국 성적과 연결 짓는 공부를 해야만 하는 것이다.

인문학을 공부하는 것은 좋은 일임에 틀림없다. 하지만 인문학에서 추구하는 정신이 무엇인지 제대로 알고 공부해야 한다. 인문학(人文學)은 말 그대로 인간에 대해 배우는 학문이다. 인간답게 살아가는 법을 배우는 것이다. 그것이 인문학이 만들어진 목적이다. 인문학을 창시한 프란체스코 페트라르카는 '가장 인간다운 인간이란 어떤 인간일까'에 대한 답을 찾으려고 했다. 인간다움을 찾는 목적으로 인문학이 시작된 것이다. 그러기에 우리도 인문학으로 인간답게 살아가는 법을 배워야 한다.

그리스 철학자 탈레스가 묻고 답한 글을 보면 당시 철학자들이 인간답게 살아가는 것에 대해 얼마나 많은 고민을 했는지 알 수 있다.

"가장 올바르고 정의롭게 사는 일이 무엇인가?"

"우리가 비난하는 다른 사람의 행위를 우리 스스로 하지 않으면 된다."

"가장 행복한 사람은 누구인가?"

"몸이 건강하고, 정신이 지혜롭고, 성품이 온순한 사람이다."

탈레스는 정의와 행복을 찾는 길을 사람답게 행동하는 것에서 찾았다. 그리스 철학자 헤라클레이토스는 더욱 강한 어조로 말한다.

"인격은 그 사람의 운명이다."

사람의 인성을 관찰해보면 그가 앞으로 어떤 인생을 살아갈 것인지 예측할 수 있다는 말이다. 맞는 말이다. 정말 중요한 것은 '인간답게'를 회복하는 일이다.

중국 고전인 《명심보감》 계성편에는 인성이 얼마나 중요한지에 대해 이렇게 말한다.

"사람의 성품은 물과 같아서 물이 한번 기울어지면 다시 돌이킬 수 없듯이, 성품도 한번 방종해지면 다시 돌이킬 수 없다.

물을 통제하기 위해서는 반드시 둑을 쌓아야 하듯이, 성품을 올바로 하기 위해서는 반드시 예법을 지켜야 한다.”

인성이 무너지면 모든 것이 무너지는 것이다. 그러므로 인문학을 통해 인간답게 살아가는 것이 무엇인지 발견하도록 해야 한다. 사람다움이 무엇인지 고민하고 그 길을 생각하고 찾기 위한 목적으로 인문학을 공부했으면 한다. 청소년들의 미래가 더 이상 암울함이 아니라 희망과 소망으로 가득 찼으면 하는 바람이다.

좁은 식견으로 앞서간 이들의 사상과 생각을 이해하기는 부족하다는 것을 느꼈다. 그럼에도 지금 세대에 대한 안타까움이 이 책을 쓰게 했다. 넓은 아량으로 이런 마음을 읽어주기를 바랄 뿐이다. 부족하지만 이 책을 통해 ‘~답게’를 회복할 수 있는 작은 계기가 되기를 진심으로 소망한다.

희망찬 미래를 소망하며
임재성

/ 목차 /

제1장

인문학,
사람다움으로 가는 길의 이정표

청소년을 위한
인성인문학

왜
사람다운 삶에 주목하는
시대가 됐을까?

"젊은이들은 집에 들어가서는 부모님께 효도하고 나가서는 어른들을 공경하며, 말과 행동을 삼가고 신의를 지키며, 널리 사람들을 사랑하되 어진 사람과 가까이해야 한다. 이렇게 행하고도 남는 힘이 있으면 그 힘으로 글을 배우는 것이다."

《논어(論語)》 학이(學而)편에 나온 말로 공자는 사람 됨됨이를 바로잡은 후 남는 힘으로 공부를 하라고 했다. 이 말이 의미가 있는 것은 당시 사회가 우리가 사는 시대와 별 차이가 없기 때문이다.

공자가 살았던 춘추전국시대는 하루아침에 나라의 주인이

바뀌는 사회였다. 잠시라도 한눈팔면 목숨을 잃고 삶에서도 뒤처졌다. 치열한 경쟁에서 살아남아야 하는 시대에 공자는 공부부터 하지 말라고 강조했다. 춘추전국시대를 살며 사상의 체계를 완성하다보니 그는 사람에게 필요한 것은 결국 인(仁)이라고 결론짓는다. 인이란 사람을 사랑하는 것이며, 바람직한 관계를 맺어가는 것이다. 그렇게 살아야 치열한 경쟁구도에서도 승리하는 삶을 살 수 있다고 여겼다.

그런데 우리 사회는 사람 됨됨이에 신경 쓸 겨를도 없이 성장을 향해 달려야만 했다. 한국전쟁으로 폐허가 된 나라를 일으켜 세우려면 인성보다 일이 먼저였고, 공부가 우선이었다. 그런 노력의 결과로 초고속 경제성장을 이루어 어느 정도 살만한 나라가 되었다.

그러나 사람다운 삶을 등한시하고 성장 위주로 살다보니 곳곳에서 문제가 터지기 시작했다. 가장 큰 문제가 인간성의 파괴이다. 인간으로서 당연히 해야 할 일을 행하지 않게 된 것이다. 함께하는 동료와 친구를 따돌리며 폭력을 일삼고 죽음에 이르게 하는 일들이 빈번히 발생하고 있다.

최근 군대에서 벌어진 의무대 윤 일병 집단구타 사망사건은 온 국민을 충격에 빠지게 했다. 의무대는 의료관련 학과를 다닌 사람들이다. 나름 공부를 잘하는 학생들임에도 이들은 한 생명을 잔인하게 죽음으로 내몰았다. 이들은 머리에 지식은 많이 쌓았는지 모르지만 인성이라고는 전혀 찾아볼 수 없었다.

학교 현장은 또 어떠한가. 청소년폭력예방재단이 2012년 전국 학교 폭력 실태조사를 했다. 5,530명을 대상으로 조사했는데, 최근 1년간 학교폭력 피해를 본 적이 있다고 답한 학생이 전체의 12퍼센트에 달했다. 폭력을 당한 장소는 교실이 절반을 차지했다. 인생에서 알아야 할 소중한 것을 배우는 현장에서 폭력을 당하는 가슴 아픈 일이 반복되고 있다. 서로 나누고 배려하기보다 자기만 아는 이기적인 사람이 많아졌다. 공자가 일찍이 염려한 일들이 우리 사회에서 수시로 벌어지고 있다.

사회 곳곳에서 파열음이 들리다보니 이제야 사람다운 삶, 즉 인성을 강조하기 시작했다. 인성 없는 실력과 지식은 쓸모가 없다는 것을 깨달은 것이다. 그 결과 학교와 직장에서 인성을 갖춘 인재를 찾으려 애쓰고 있다. 실제로 서울대 의과대학에서는 '다면(多面) 인·적성 면접(MMI·Multiple Mini Interview)'을 실시하고 있다. 사람의 생명을 다루는 의사에게 실력에 걸맞은 인성이 갖춰져 있는지를 보겠다는 의도이다.

세계 최고의 대학인 하버드에 입학하기 위해서도 인성은 반드시 갖춰야 할 덕목으로 꼽힌다. 하버드 대학교는 성적뿐만 아니라 인성과 리더십 덕목을 중요하게 여긴다. 타인과 관계를 얼마나 잘 맺을 수 있는지를 보는 것이다.

아이비리그 명문대학을 많이 보내기로 유명한 세계 최고 명문고 필립스 엑시터 아카데미는 '지식보다 경쟁력 있는 것이 바로 인성'이라고 강조한다. 설립자 존 필립스는 이 학교 건립 기부 증서에 이렇게 썼다.

"교사의 가장 큰 책임은 학생들의 마음과 도덕성에 주의를 기울이는 것이다. 지식이 없는 선함은 약하고, 선함이 없는 지식은 위험하다. 이 두 가지가 합쳐져 고귀한 인품을 이룰 때 인류에 도움이 되는 토대가 될 수 있다."

자신뿐만 아니라 타인을 위해 배운 지식을 쓰라는 교훈은 영향력 있는 인물을 많이 배출시켰다. 그중 한 명이 페이스북의 CEO 마크 주커버그이다. 그는 모교를 찾아 자신의 경영철학을 "모든 사람들에게 자유롭게 정보를 제공하는 것"이라고 밝혔다. 그는 학교에서 배운 것을 그대로 경영에 적용해 세계적인 기업으로 성장시켰다. 그 힘은 바로 인성교육에 있었다.

기업에서도 이제는 남을 배려할 줄 아는 인재를 찾고 양성하기 위해 갖가지 방법을 동원한다. 사원을 대상으로 복지관 같은 곳에서 봉사활동을 통해 인간성을 회복시키고, 이타적인 마음을 품도록 유도하고 있다. 기업현장에서 일할 때도 업무능력보다 인성이 좋은 사람이 인기가 많다. 실제로 취업포털 인크루트에서 직장인을 대상으로 한 조사에서 업무 능력이 조금 뒤처지더라도 인성이 뛰어난 동료를 택하겠다고 답한 사람이 81퍼센트에 달했다. 학교든 직장이든 인성이 좋은 사람이 대우받는 시대가 된 것이다.

인성에 큰 영향을 주는 정서능력이 우수한 사람이 사회적 출세와 성공에 큰 영향을 끼친다는 것이 연구로도 증명되었다. 보스턴 대학교의 헬즈만 교수는 일곱 살 어린이 450명을 40년 동안 관찰했다. 지능, 정서능력, 부모의 사회 경제적 지위 등이 인생에 얼마나 큰 영향을 끼치는지 알아보려는 연구였다. 일곱 살 때 자기감정을 조절하고, 타인과 어울리기를 즐기고, 모든 일에 긍정적으로 생각한 아이들이 그렇지 않은 아이들보다 경제적으로 풍족하고 존경받는 삶을 살았다. 그는 "아이큐는 성공의 20퍼센트를 보장하지만, 정서능력은 80퍼센트를 보장한다"고 말했다. 그만큼 정서능력, 즉 인성이 중요하다는 의미이다.

다시 공자의 말로 돌아가보자. 공자는 논어의 태백(泰伯)편에서 이렇게 말한다.

"뜻은 크면서 정직하지도 않고, 무지하면서 성실하지도 않으며, 무능하면서 신의도 없다면, 그런 사람은 내가 알 바 아니다."

인성이 바로 서지 않은 사람은 상대할 만한 가치가 없는 사람이라는 의미이다. 그 무엇보다 인성에 관심을 가지고 나아가야 함을 강조하는 말이다.

지금 여러분의 인성은 어떠한가? 한번 자기 자신을 돌아보라. 무엇보다 바람직한 인성을 품는 것이 인생의 성패를 좌우한다는 것을 기억하자.

사람다움의 길,
인문학이
답이다

너도나도 인성이 중요하다는 것을 깨닫기 시작했다면, 과연 어떻게 해야 인성을 기를 수 있을까? 여러 가지 방법이 있겠지만 인문학이 가장 좋은 대안이 될 수 있다고 생각한다. 인문학은 사람을 다루는 학문이기 때문이다.

요즘은 인문학의 전성기라 할 정도로 인기가 많다. 여기저기서 인문학을 외쳐댄다. 창의적인 사고를 위해, 상상력을 기르기 위해, 좋은 대학을 가기 위해, 대기업에 입사하기 위해, 효율적으로 기업을 이끌어가기 위한 목적으로 인문학을 공부한다.

인문학을 대표하는 학문은 철학과 문학, 역사이다. 문(文), 사(史), 철(哲)이라고 불리는 세 학문이 인문학을 주도했다. 지금은 인간과 관련된 학문이라면 인문학의 범주 안에 모두 포함시키지만 얼마 전까지는 문, 사, 철이 인문학을 대표하는 주자였다. 세 가지 학문이 사람답게 살아가는 근원적인 물음에 답을 줄 수 있다. 그리고 사람으로서 마땅히 갖추어야 할 덕목인 인성에도 영향을 준다.

문학은 인간이 살아가는 이야기를 상상력을 동원해 전달한다. 우리는 문학작품을 통해 인간 존재에 대한 이해를 높인다. 간접적으로나마 인간과 사회, 그리고 우리가 살아가는 세계에 대해 경험하고 생각하고 느낀다. 그런 과정에서 참다운 삶이란 무엇인지 생각한다. 작품 속에서 만나는 수많은 인간의 삶을 통해 나의 삶을 견주며 어떻게 살아가는 것이 참된 삶인지 고민한다.

역사는 인간이 어떻게 살아왔는가를 살피게 한다. 이미 일어난 사건들을 통해 인류가 살아온 삶의 과정을 알게 한다. 한 인간의 존재, 나라와 세계가 어떻게 흥하고 망했는지를 알 수 있는 자료를 제공한다. 그 과정에서 우리로 하여금 삶의 의미를 발견하고 탐구하며 앞으로 어떻게 살아갈 것인가를 들여다보게 한다.

철학은 인간이란 무엇인가를 탐색한다. 수많은 질문과 답을 통해 인간이란 무엇이며, 어떻게 살아가는 것이 바람직한 삶인지를 밝혀낸다. 즉, 사람이란 무엇이고, 왜 태어났으며, 어떻게 살아가야 하는지를 탐구한다. 그런 과정에서 앞으로 어떻게 살아가야 할지, 인간답게 살아가는 것이 무엇인지 발견하도록 돕는다.

이 세 학문이 밑바탕이 되어 인문학은 인간다운 삶이란 무엇인지 깨우치고, 삶을 보다 풍성하고 행복하게, 올바르고 현명하게 살아가는 방법에 대해 알게 한다. 또한 인간답게 살아갈 수 있는 토대를 제공하기도 한다.

■ **키케로**(기원전 106~기원전 43)
로마시대의 변호사, 정치가, 웅변가, 철학자, 저술가. 기원전 63년에 집정관(콘술)에 당선되었고, 기원전 62년 '국부(國父)'라는 영예로운 호칭을 얻었다. 또 당대에는 최고의 저술가로 인정받았다. 저서로는 《수사학》, 《국가론》, 《법률론》, 《의무론》, 《최고선악론》, 《노년론》, 《우정론》 등이 있다.

인문학은 인간이 살아가면서 필요한 모든 것이 포함되어 있다. 그러기에 여기저기서 인문학을 공부해 삶을 보다 풍요롭게 살아가려고 한다.

하지만 인문학에서 인성을 빼놓고 이야기할 수 없다. 최초의 인문학이 '후마니타스(Humanitas)', 즉 인간다움을 말하고 있기 때문이다. 로마의 정치가이자 철학자였던 키케로에 의해 시작된 인간다움에 대한 고민은 피렌체 출신의 학자 페트라르카까지 이어지며 '스튜디아 후마니타스(Studia Humanitatis)', 즉 인간에 대한 학문이 탄생했다. 가장 인간다운 인간이란 어떤 인간일까를 고민하다 인문학을 창시한 것이다. 결국 인문학이란 인간다운 삶, 인성을 의미한다고 볼 수 있다. 인간다움을 잃지 않고 사람답게 살아가는 삶을 말한다.

인문학을 한자로 풀어서 써도 그 의미가 비슷하다. 인문학(人文學)은 사람 인(人), 글월 문(文), 배울 학(學)으로 풀어쓸 수 있다. 글자대로 해석하면 사람에 대한 글을 배우는 학문이다. 그러므로 인문학은 인간의 삶에 대해 고민하고 그 해답을 발견하기 위한 목적을 가지고 있다.

인간의 삶에 대한 고민은 '나는 누구인가?'로부터 시작된다. 자신이 어떤 사람인가라는 질문으로부터 인간이란 어떤 존재이며, 인간의 생각과 행동은 어떻게 이루어지며, 어떻게 살아가야 하며, 어떤 것을 목적으로 삼아야 행복할 수 있을지 등을 탐구한다. 그런 과정을 통해 행복한 삶이란 어떤 것인가를 생각하게 된다. 행복한 삶은 사람다움이 존재할 때 가능하다.

예를 들어 이기적이고 자신밖에 모르는 사람이 있다면, 그는 관계를 원만하게 맺을 수 없다. 관계가 깨진 상태에서 행복을 말할 수는 없다. 사람으로서 마땅히 해야 할 일을 하지 않고 행복을 이야기할 수 없다. 사람이 마땅히 해야 할 일을 했을 때 비로소 행복한 삶을 살 수 있다. 그래서 인문학에서 배워야 할 가장 중요한 덕목은 인성이라고 할 수 있다.

인성은 사람의 마음씨다. 마음밭에 어떤 씨앗이 심어져 있는지를 발견하는 것이 중요하다. 어떤 씨앗이 심어져 있는지를 모르면 올바르게 성장시킬 수 없다. 씨앗마다 필요로하는 영양분과 기르는 방법이 다르다. 무턱대고 물을 주고 거름만 준다고 잘 자라는 것은 아니다. 씨앗에 따라 필요한 땅과 영양분, 병충해를 해결할 수 있는 것이 무엇인지 알아야 한다. 그래서 사람답게 살아가는 방법을 알려면 인간의 마음밭에 심어져 있는 씨앗의 근원을 알아야 한다. 그 근원이 인간의 본성이다.

사람이라면 반드시 인간의 본성에 대해 의문을 가지게 된다. 자신이 어떤 존재이며 누구인지를 알고 싶어 한다. 특히 청소년 시기는 이러한 질문에 민감하다. 사춘기가 되면 한 번쯤은 자기 정체성에 대해 고민을 한다. 나는 누구인가, 왜 태어났는가, 어떻게 살아가야 하는가에 대한 질문에 맞닥뜨리며 그 답을 찾으려고 힘쓴다. 질풍노도의 시기라고 불릴 만큼 거친 바람과 화난 파도처럼 변화가 심하고 불안한 시기를 경험한다. 이 모든 것이 자기 본성에 대한 궁금증에서 시작된 것이다. 그러므로 인간 본성을 탐구하는 인문학이 청소년기에 고민하는 정체성 문제를 해결할 수 있도록 도움을 준다. 인간의 본성과 더불어 인성까지 아울러 형성하도록 돕는 것이 인문학이다.

인문학이 대학입시와 취업, 경영에 도움을 주지만 결국은 사람다운 삶이 무엇인지에 대해 알게 하는 학문이다. 즉, 바람직한 인성을 품도록 돕고 나아가 참다운 삶, 사람답게 사는 것에 대한 답을 제시해 준다.

사람다움의 길은 인간에 대한 존중이다

"인(仁)은 사람의 마음이고, 의(義)는 사람의 길이다. 그 길을 내버려두고 따르지 않으며, 그 마음을 잃어버리고 찾을 줄을 모르니 슬픈 일이도다. 사람들은 닭이나 개를 잃어버리면 곧 그것들을 찾을 줄 알면서도 마음을 잃어버리고는 그것을 찾을 줄 모른다. 학문하는 방법은 다른 데 있는 것이 아니라 자신의 잃어버린 마음을 찾는 것일 뿐이다."

《맹자(孟子)》고자(告子) 상편에 나오는 말이다. 맹자는 공자처럼 사람답게 살아야 함을 강조한다. 사람답게 살려는 마음보다 헛된 것에 마음을 쏟는 것에 대해 안타까운 마음을 전한다. 우리가 살아가고 있는 모습을 살펴보면 맹자의 말이 이해가 된다. 사람답게 살려는 마음보다 다른 것들에 더 마음을 빼앗기고 살아가고 있는 것이 사실이다.

맹자는 사람이 갖춰야 할 덕목을 인의예지(仁義禮智)라고 했다. 그 첫째가 '인'으로 측은지심, 즉 다른 사람을 측은하게 여기는 마음이다. 공자처럼 다른 사람을 사랑하는 마음을 가져야 한다는 것이다. 다른 사람을 사랑하는 마음은 인간에 대한 존중에서 비롯된다. 존중하는 마음이 있어야 배려하고 나누고 베풀 수 있다. 그런 마음이 사람으로서 마땅히 지키며 살아가야 하는 덕목이다.

■ 맹자(孟子, 기원전 372~기원전 289)
중국 전국시대의 철학자. 공자의 인(仁) 사상을 발전시켜 '성선설(性善說)'을 주장했으며, 인의(仁義)의 덕을 바탕으로 하는 왕도정치(王道政治)를 주장했다. 유학의 정통으로 숭상되며, '아성(亞聖)'이라 불린다. 여러 나라를 주유하며 자신의 사상을 유세했지만 현실 정치에서 실현시키는 데 실패한 맹자는 이후 남은 20여 년의 생애 동안 제자들을 교육하면서 그들과 함께 《맹자》를 저술했다.

맹자와 공자만 이런 말을 한 것은 아니다. 독일의 철학자 니체도 같은 말을 했다.

"정의로운 사람은 빠르게 판단하지 않는다. 정의로운 자는 스스로 서둘러 판단하는 것을 삼간다. 정의로운 자는 남의 말을 경청하는 자이고, 정의로운 자는 남에게 친절한 자이다."

정의로운 사람은 자신의 힘을 바탕으로 누군가를 이끌어가는 것이라고 생각하기 쉽다. 하지만 니체는 정의란 남에게 친절하고, 남의 말을 잘 듣고, 남을 이해하는 것이라고 말한다. 다른 사람을 존중하는 태도로 대하라는 뜻이다. 인문학에서 추구하는 바는 결국 사람답게 살아가되 다른 사람을 존중하는 태도로 살아가라는 것이다.

다른 사람을 존중하는 태도가 바로 인성이다. 인성은 예나 지금이나 어른을 공경하고 사람과의 관계에서 예의를 지키는 것이다. 상대방을 배려하고, 내가 가진 것을 나누고 베풀며 사는 마음이다. 베풀며 사는 것이 꼭 물질적인 것으로 한정되지는 않는다. 상대의 어려운 마음을 헤아려 공감하고 이해하고 희망을 주는 정신적인 베풂도 필요하다.

학교와 기업에서 요구하는 인재상도 사람을 존중하는 태도로 무장된 사람이다. 주변 사회에 기여할 줄 아는 사람, 나누며 베푸는 사람, 사람들을 선한 방향으로 이끌어갈 수 있는 리더십을 가지고 있는 사람을 원한다. 그런 사람이 사회와 인류에 선한 영향을 끼칠 수 있다. 실제로 그런 삶의 목적을 갖고 있는 사람이 성공적인 삶을 살 수 있다는 것이 연구결과로도 증명되었다.

세계 3대 석학으로 불리는 스탠퍼드 대학교 윌리엄 데이먼 교수는 30년을 연구한 끝에 '무엇을 위해 살 것인가?'라는 질문에 대한 답을 찾는 것이 중요하다고 말한다. 그는 청소년이 진로를 결정하지 못하고, 방황하거나 무기력하고 막연한 불안감에 시달리고 있는 이유가 삶의 목적이 뚜렷하지 않기 때문이라고 했다. 그로 인해 자살과 탈선, 우울증과 같은 심각한 문제로 이어진다고 지적했다. 이런 문제를 해결하기 위해서는 "나에게 중요한 것은 무엇인가? 왜 이것이 중요한가? 내 삶에서 궁극적으로 하고자 하는 바는 무엇인가? 어떻게 살아가야 할 것인가?"와 같은 질문에 답을 할 수 있어야 한다고 조언했다. 그리고 청소년이 이런 질문을 생각하고 고민하지 않으면 방황은 계속될 것이라고 했다.

여기서 중요한 것은 삶의 목적이 '자신에게 의미 있을 뿐 아니라 자신을 넘어서 세상을 위해 중요한 무언가를 성취하고자 하는 장기적인 의도'여야 한다고 정의를 내린 점이다. 다른 사람을 존중하는 마음으로 무엇을 할 것인지 답을 찾으라는 말이다. 데이먼 교수가 연구한 결과를 분석해보면 그 의미를 알 수 있다.

데이먼 교수는 청소년 1,200명을 대상으로 한 연구를 바탕으로 그들을 네 부류로 나누었다. 삶의 목적에 무관심한 자, 꿈만 꾸는 자, 이것저것 찔러 보는 자, 확고한 목적이 있는 자였다.

삶의 목적에 무관심한 자들은 어떤 목적도 없이 살고 있었다. 이들의 공통점은 대체로 쾌락적이고 자극적인 일에 관심을 보인다는 것이었다. 자신과 관련 없는 일에는 거의 관심을 보이지 않았다.

꿈만 꾸는 자들은 막연한 목표만 가지고 있었다. 하지만 꿈을 이루기 위해 필요한 덕목이 무엇인지, 그것을 이루기 위해 인내하고 노력해야 하는 것들에는 전혀 준비가 되어 있지 않았다.

찔러보는 자들은 이것저것 관심을 가지고 있는 것은 많았다. 그러나 그런 활동이 장차 자신의 삶에 어떤 의미를 가져다줄 것인지에 대해서는 알지 못했다. 그저 마음이 끌리는 대로 움직일 뿐이었다.

확고한 목적을 가지고 있는 자들은 자신이 헌신할 가치가 있다고 생각되는 것을 발견했다. 그것을 성취해야 하는 이유도 명확히 알고 있었다. 또한 그것을 이루기 위한 계획과 실천의지를 가지고 실제로 삶에서 실천하며 나아갔다.

이들 네 부류 중 확고한 목적이 있는 자들이 힘들 때는 인내할 줄 알았고, 자신의 목적을 향해 꾸준히 노력하며 나아갔다. 그리고 자신이 원하는 삶의 목적을 이루고 성공적인 삶을 살았다.

윌리엄 데이먼 교수가 중요하게 여긴 '삶의 목적'을 발견하려면 인문학적인 사고가 필요하다. 나는 누구이며, 어떻게 살아가야 하며, 궁극적으로 이 땅에서 이루어야 할 삶의 목적이 무엇인지 늘 질문하고 답을 찾아야 한다. 그것이 곧 사람답게 사는 길이다. 그런 삶의 목적을 발견하고 살아가려면 마음 바탕에 다른 사람을 존중하는 마음이 있어야 한다. 다른 사람을 존중하고 사랑하는 마음이 있을 때 나와 다른 사람의 성장과 변화를 위해 희생할 수 있기 때문이다. 그것이 맹자의 말처럼 "잃어버린 마음을 찾는 일"이다. 잃어버린 마음을 찾아야 사람다움의 길을 걸어가고 인성도 바로잡을 수 있다.

배움의
목적은
성장하는 것

　　자장(子長)이 물었다.

"선비는 어떻게 하면 통달했다고 할 수 있습니까?"

공자께서 말씀하셨다.

"네가 말하는 통달이란 것이 무엇이냐?"

자장이 대답하였다.

"나라 안에서도 반드시 명성이 있고, 집안에서도 반드시 명성이 있는 것입니다."

공자께서 말씀하셨다.

"이는 명성이 있는 것이지 통달한 것이 아니다. 통달한다는 것은 본바탕이 곧고, 의로움을 좋아하며, 남의 말을 잘 헤아리고 모습을 잘 살피며, 자신을 남보다 낮추어 생각하여 나라 안에서도 반드시 통달하고 집안에서도 반드시 통달하는 것이다. 명성이 있다는 것은 겉모습은 인(仁)을 취하면서도 행실은 인에 어긋나고, 그렇게 살면서도 의심조차 없어서 나라 안에서도 명성이 있고 집안에서도 명성이 있는 것이다.”

공자는《논어》안연(顏淵)편에서 배움의 목적에 대해 이야기한다. 공자의 제자 자장은 글을 배워 통달하게 되면 명성이 높아질 것이라 생각했다. 그것이 글을 배우는 목적이라고 여겼다. 하지만 공자는 자신의 이름을 널리 알리는 것은 진정한 학문의 의미가 아니라고 말했다. 그것은 그저 명성이 있는 것에 불과하고 진정한 배움은 인격 수양이 잘되어 그 바탕 아래서 무슨 일이든 잘 해낼 수 있어야 된다고 강조했다. 결국 학문을 통해 내적인 성장을 이루어가야 함을 강조한 것이다.

많은 사람이 자장처럼 배움의 목적을 자신의 명성을 높이는 것으로 생각한다. 명성이 높아지면 자연스레 부와 명예가 따라올 것이라고 생각한다. 그렇게 사는 것이 현명한 결정이라고 생각하지만, 우리의 현실을 보면 결코 옳은 생각이라고 할 수 없다. 도덕성의 상실, 인간성의 파괴로 여기저기서 신음소리가 들린다. 이것은 배움의 목적이 바로 서지 못한 까닭이다.

청소년들도 이와 다르지 않다. 내면의 성장보다 외적으로 보이는 것에 더 관심이 많다. 그런 영향은 도덕성의 파괴까지 연결된다. 수학과 언어구사 능력이 세계 1, 2위를 자랑할 만큼 우수한 실력을 갖고 있지만 무너져버린 인성은 사회문제가 될 만큼 심각하다. '10억 원을 받으면 1년쯤 감옥에 가도 상관없는가?'라는 설문조사에 대한 충격적인 결과가 이를 증명한다. 고교생 44퍼센트, 중학생은 33퍼센트, 초등학생도 무려 16퍼센트가 10억을 주면 1년 동안 감옥에 가겠다고 답했다. 친구 숙제를 베껴서 과제를 해결하겠다는 응답에도 고교생 78퍼센트, 중학생 69퍼센트가 찬성했다. 이런 인성을 가진 청소년이 성인이 되었을 때 우리 사회는 어떻게 되겠는가?

바람직한 배움의 목적은 공자의 말대로 인격의 성장을 이루는 것이다. 내면에서 성장이 이루어져야 사람답게 살아갈 수 있다. 평생 죽어가는 환자들을 돌보며 연구를 해온 정신과 의사 엘리자베스 퀴블러 로스도 같은 말을 했다. "인생에서 만나는 모든 고난과 모든 악몽, 신이 내린 벌처럼 보이는 모든 시련은 사실 성장의 기회이며, 삶의 유일한 목적이 바로 성장이다."

삶의 목적뿐만 아니라 사랑하는 것도 성장을 목적으로 해야 한다. 미국의 정신과 의사 M. 스캇 펙은 사랑을 이렇게 정의한다. "사랑은 자기 자신이나 다른 사람의 정신적 성장을 도와줄 목적으로 자신을 확대시켜 나가려는 의지이며, 행위로 표현되

제1장 인문학, 사람다움으로 가는 길의 이정표

는 만큼만이 사랑이다." 사랑도 상대의 내적인 성장을 위한 목적으로 이루어져야 한다고 말하고 있다. 친구를 사랑한다면 그 친구가 성장할 수 있도록 해주는 것이 진정한 사랑이라는 것이다. 진짜 사랑은 겉으로 드러난 성장뿐만 아니라 내면의 성장까지 될 수 있도록 해주어야 한다. 내면에서 성장이 이루어져야 성숙된 삶을 살 수 있다. 성숙된 삶은 나뿐만 아니라 다른 사람과 함께 더불어 살아가는 태도이다. 함부로 행동하지 않고 유연하게 살아가는 삶이다. 그런 사람이 사람다움의 길을 걸어갈 수 있다.

《명심보감》에는 배운 사람이 어떻게 쓰임을 받는지 잘 나와 있다.

"배운 사람은 벼와 같고 배우지 않는 사람은 잡초와 같다.
벼 같은 사람이여!
나라에 없어서는 안 될 양식이며 세상에 큰 보배로다.
잡초 같은 사람이여!
밭 가는 사람이 싫어하고 김매는 사람이 귀찮아하는구나.
배우지 않다가 뒷날에 담벼락을 바라보듯 답답하여

후회해도

이미 늙어버린 몸 돌이킬 수 없으리라."

　배운 사람은 누군가의 삶의 양식이 되어준다. 양식은 곧 성장을 의미한다. 밥을 먹어야 육체적인 성장이 일어난다. 또한 건강한 육체에 건강한 정신이 깃드는 법이다. 그래서 삶에서 배움이 있어야 한다. 그 배움에서 성장이 일어나고 그것이 바탕이 되어 사람다움의 길을 걷게 한다. 그래서 지금 여러분이 배우는 목적이 무엇에 있는지 살펴볼 필요가 있다. 배움의 목적이 명성이 아니라 내면의 성장에 있기를 기대한다. 그럴 때 인격적인 성장이 이뤄지고 성숙된 삶을 살 수 있다.

명확한 꿈이
사람다움의 길을
걷게 한다

인문학은 인간다운 삶을 추구하는 학문이다. 사람답게 살기 위해 끊임없이 자신에 대해 묻는다.

- 나는 누구인가?
- 어떻게 살아야 하는가?
- 어떻게 창조적인 삶을 살다가 멋진 죽음을 맞이할 것인가?

인문학이 추구하는 세 가지 질문에 명확한 답을 찾아야 행복하고 성공적인 삶을 살 수 있다. 그래서 끊임없이 '나는 누구인

36

가?'에 대한 답을 찾으려고 힘써야 한다. 자신이 어떤 사람인지 알아야 나아갈 길을 열 수 있다. 자신이 좋아하는 것이 무엇이며, 하고 싶은 것, 이 땅에서 꼭 해야 할 일을 알아야 어떻게 살아가야 할지에 대한 답도 찾을 수 있다.

자신이 어떤 사람이며 어떻게 살아가야 할 것인가에 대한 답은 다른 말로 표현하면 꿈이라고 할 수 있다. 꿈을 발견하려면 자신이 좋아하고, 하고 싶은 것을 알아야 가능하다. 원하는 삶의 목표가 있어야 어떻게 살아갈 것인지 구체적인 계획을 세울 수 있다. 그래서 사람다움의 길을 걸어가려면 자신이 원하는 꿈을 발견하는 것이 중요하다.

꿈은 자신의 내면에 가득한 삶의 열정을 쏟아붓고 싶은 관심사이다. 도저히 하지 않고는 견딜 수 없는 간절함이다. 자기 미래에 대해 가지는 희망이 되기도 한다. 꿈이 있는 사람은 그것이 이루어진 상황을 생각할 때 입가에 미소가 번진다. 그래서 꿈은 기쁨이며, 소망이며, 희망이다. 미래에 대해 기쁨과 희망을 갖고 있는 사람은 삶에 활기가 넘치고 생동감으로 가득하다. 힘들고 어려운 일이 생겨도 견뎌낸다. 참고 견뎌야 원하는 삶의 목표를 이룰 수 있다는 것을 알기 때문이다.

반면, 꿈이 없는 사람은 희망 대신 절망을 안고 산다. 앞날에 대한 희망이 없으니 오늘의 삶에서 최선을 다하지 않는다. 정

제1장 인문학, 사람다움으로 가는 길의 이정표

신적으로도 빈곤하다. 정신적으로 빈곤한 사람은 잃을 것이 없다는 듯이 살아간다. 자기 행동도 자제하지 않는다. 잃을 것이 없으니 막무가내로 살아간다. 제일 무서운 사람이 막무가내로 살아가는 사람이다. 이런 사람에게서 사람답게 살아가는 도리를 발견할 수 없다. 자기 삶의 미래를 생각하지 않는데 어떻게 올바른 삶의 태도를 간직하며 살 수 있겠는가. 그래서 꿈은 곧 인성과 떼려야 뗄 수 없는 관계에 있다.

꿈만 품으면 사람다운 삶을 살아가는 것은 아니다. 여기서 반드시 점검해야 할 것이 있다. 어떤 꿈을 품고 있느냐의 문제이다. 사람다움을 유지하며 바람직한 목적을 바탕에 둔 꿈인지 아닌지에 대한 것이다. 꿈에 왜곡된 가치가 담겨 있으면 오히려 사람다움의 길을 걸어갈 수 없다. 역사적인 사건 한 장면을 살펴보면서 그 의미를 되새겨보자.

기원전 290년, 로마는 이탈리아 남부를 장악하려고 했다. 그때 그리스 식민 도시들 가운에 막강한 경제력을 갖고 있던 타렌툼은 로마에 결사항전을 다짐한다. 타렌툼은 자신을 대신해서 싸워줄 인물을 찾다가 그리스와 지중해에서 가장 명성을 얻고 있던 피로스 왕에게 도움을 청한다. 타렌툼은 피로스에게 보병 35만 명과 기병 2만 명을 지원하겠다는 약속까지 한다. 피로스는 로마는 물론 알렉산드로스의 뒤를 이어 지중해와 그리스 세계를 지배하려는 야심을 품고 전쟁에 뛰어든다.

그는 전쟁에 나서면서 신하인 키네아스라는 사람과 이런 대화를 나눈다. 키네아스가 묻는다.

"전하, 로마인은 대단히 호전적이고 아주 뛰어난 전사라고 합니다. 또 그들은 이탈리아 반도의 용맹한 민족들을 모두 제압했습니다. 만약 그 로마를 물리치게 되면 그다음에는 무엇을 하실 생각이십니까?"

피로스가 대답했다.

"물을 필요도 없지. 일단 로마를 정복하게 되면 그리스 인이든 다른 야만인들이든 우리에게 저항할 수 있는 나라는 더 이상 없는 것이 아닌가. 그렇게 되면 이탈리아는 당연히 우리의 차지가 되겠지. 그다음에는 기름진 땅 시칠리아를 정복하게 될 것이고, 그리고 내친김에 리비아와 카르타고도 손에 넣고 말 것이다."

그 말을 들은 키네아스가 말을 이어갔다.

"그다음에는 마케도니아를 탈환하고 그리스 전체를 지배하시겠지요. 그다음에는 무슨 계획을 가지고 계신지 궁금합니다."

피로스 왕이 자랑스럽게 말했다.

"그 땅을 다 차지하면 내 야심은 다 이루어진 셈이니 무척 여유가 있을 테지. 그때는 매일 잔치를 열고 잔치에 참석한 사람들과 즐거운 이야기를 나누면서 지내게 될 것이다."

모든 것을 이룬 다음 편히 살겠다는 피로스의 말에 키네아스는 이렇게 말한다.

"잔치를 열고 즐거운 한담을 하면서 지내실 생각이시라면 지금 당장에라도 가능한 일인 줄 압니다. 그런데 왜 굳이 많은 사람의 피를 흘리고 또 모험을 해가면서까지 그와 같은 하찮은 것을 차지하려 하십니까?"

왜곡된 야망에 사로잡힌 피로스는 로마와 수차례 전쟁을 치르다 결국 패하고 만다. 세계를 제패하겠다는 바람은 도망자 신세로 바뀐다. 이것은 바람직하지 않은 꿈에 사로잡힌 결과라 할 수 있다. 키네아스의 말처럼 사람들과 즐거운 이야기를 나누면서 지내고 싶다면 굳이 전쟁터로 나갈 필요가 없었다. 그럼에도 그가 전쟁터로 나간 것은 헛된 야망에 사로잡혔기 때문이다.

우리는 바람직한 꿈을 품어야 한다. 사람다운 삶의 길을 걷겠다는 마음의 바탕 아래에서 자신의 꿈을 세워가야 한다.

피로스의 삶을 보니 《논어》 이인(里仁)편의 공자의 말이 떠오른다.

"부귀는 사람들이 원하는 것이나 정당하게 얻는 것이 아니면 받아들이지 말아야 한다. 빈천은 사람들이 싫어하는 것이나 부당하게 된 것이라도 억지로 버리지 말아야 한다. 군자가 인(仁)을 버리면 어찌 명성을 높이겠는가? 군자는 밥을 먹는 잠깐 사이에도 인을 어기지 말아야 하니, 급한 상황이나 넘어질 때에도 반드시 인에 근본을 두어야 한다."

공자는 어떤 상황에서도 인을 근본으로 삼아야 한다고 말했다. 인(仁)은 사람답게 사는 데 필요한 품성과 덕성을 다 갖춘 것이다. 공자는 나아가 개인의 욕심보다는 함께 더불어 사는 것을 강조했다. 그래서 지금 어떤 꿈을 품고 있는지에 대한 점검이 필요하다. 자신이 품고 있는 꿈이 사람다움의 길을 걷게 할 수도 있고, 피로스처럼 패망의 지름길로 향하는 길일 수도 있다.

제2장

철학,
사람다움의 길에 의문을 던지다

청소년을 위한
인성인문학

철학이란
무엇인가?

'철학(哲學)'하면 먼저 '머리가 아프다', '어렵다'라는 생각이 든다. 수많은 철학자의 이름도 누가 누구인지 헛갈린다. 그들이 펼치는 주장이나 이론을 접하면 쉽게 이해하기 어려울 정도로 어려운 말이 많다. 그래서 '굳이 철학을 알아야 할까?'라는 생각이 들기도 한다. 그렇다고 관심을 안 가질 수도 없다. 여기저기서 인문학을 부르짖고, 청소년 시기에도 인문학적인 사고를 해야 한다고 다들 목소리를 높인다. 인문학에서 철학을 빼놓고 이야기할 수 없으니 울며 겨자 먹기 식으로 철학에 대해 알 필요가 있다. 사람다움의 길을 걷는 데도 철학은 빼놓을 수 없는 학문이다.

철학(哲學)은 밝을 철(哲), 배울 학(學)자를 쓴다. 무엇인가를 밝게 하기 위해 배우는 학문이라는 의미이다. '무엇인가'는 아직도 알려지지 않은 것이다. 철학은 그것(무엇)에 문제를 제기하고, 그 답에 대해 다시 반성하고 탐구하는 과정이다. 그런 과정을 통해 삶과 세상의 이치를 탐구하고 연구해 그 원리와 의미를 깨우친다.

영어의 의미도 비슷하다. 영어로 필로소피(philosophy)의 어원은 그리스어 필로소피아(philosophia)에서 유래했다. 필로스(philos, 사랑)와 소피아(sophia, 지혜, 앎, 지혜로움)의 합성어이다. 풀이해보면 지혜를 사랑하는 학문이 된다. 지혜를 사랑한다는 것은 모르는 것을 알고 싶어 하는 마음이다. 모르는 것은 삶에 대한 전반적인 것들이다. 그래서 철학은 삶을 돌아보게 하고, 앞으로 해야 할 일과 하고 있는 일에 대한 의미와 가치를 고민하게 한다. 또한 세상이 어떻게 만들어졌고 발전했는지 그 이치를 밝힌다.

철학이라는 학문은 누군가에 의해 의도적으로 만들어진 것이 아니다. 의도하지 않았음에도 자연스레 철학이라는 학문이 만들어졌다. 왜냐하면 인간은 태어나면서부터 무엇인가를 알고 싶어 하는 특징이 있기 때문이다. 뭔가를 보면 호기심을 가지고 알고 싶어 하는 것이 인간이다. 그것이 철학의 밑바탕이 되었다. 그래서 인간이 존재하는 것과 세상이 만들어진 이치에 대해 끊임없이 고민하고 탐구했다. 그 시작이 탈레스였다. 탈레스는 서양철학에서 최초로 등장하는 인물이다. 그는 세상이 만들어진 근원에 대해 의문을 품었다. 과학적 지식이 없는 상태에서 탈레스는 자연현상을 관찰하며 세상의 본질이 물이라고 생각했다. 그전에도 수많은 사람이 뭔가에 대해 의문을 가지고 탐구했지만, 철학자로 불리는 사람은 없었다. 의문에 대한 확실한 답을 증명하지 못했기 때문이다. 하지만 탈레스는 세상의 본질이 물에 있다는 것을 증명할 만한 근거를 갖고 있었다.

철학이라는 학문은 어떤 지식을 발견해 그것을 소유하는 것이 아니다.

■ **탈레스**(Thales, 약 기원전 624～ 약 기원전 546)

서양 철학의 아버지. 최초의 유물론 학파인 밀레토스 학파의 시조. 천문학과 수학 분야에 정통해 일식을 예언하고 피라미드의 높이를 측정하기도 했다. 유물론의 입장에 서서 근본 원리를 탐구하는 철학적 세계관을 보여주었고, 최초로 만물의 근원이 물이라고 주장했다.

끊임없이 그 어떤 것에 의문을 던지고 탐구하는 것이다. 이런 탐구정신은 기존에 발견된 이론이나 지식에 끊임없이 새로운 문제를 제기하고 다른 방법과 이론을 탐구하게 한다. 탈레스가

제2장 철학, 사람다움의 길에 의문을 던지다

세상의 본질이 물이라고 밝히자 다른 사람들은 그것에 문제를 제기하고 새로운 것을 밝히기 위해 힘쓴 것과 같은 이치이다. 그런 탐구 정신은 세상의 본질이 물이라는 것에 그치지 않고, 엠페도클레스라는 철학자에 의해 흙, 물, 불, 공기가 세상의 본질이라는 것으로 확장되었다.

나아가 헤라클레이토스는 세상의 본질이 '흐르는 것'이라고 생각했다. 어떤 물질로 이루어진 것이 아니라 물질들이 서로 순환하며 늘 흐르고 있다고 여겼다. 그러면서 "우리는 똑같은 강물에 손을 씻을 수 없다"라는 명언을 남겼다. 우리가 사는 세상을 보면 세상이 흘러가고 있다는 것을 알 수 있다. 세월이 흘러도 여전히 세상에 대한 철학이 유효하다는 것이 참으로 놀랍다. 그 뒤로도 수많은 철학자에 의해 세상을 이루는 본질이 무엇인지 탐구하며 발전해 나갔다.

초기 철학은 주로 자연의 본질을 탐구했다. 그러다 소크라테스에 의해 인간을 탐구해나가기 시작했다. 그때부터 '인간이란 무엇인가?'에 대해 구체적인 탐구가 시작된 것이다. 인간의 본성, 인간이 이루고 싶어 하는 것, 삶의 의미, 삶의 태도와 자세에 대해 질문을 던지고 답을 찾으려고 힘썼다. 소크라테스는 세상에는 어떤 절대적인 진리가 있다고 생각했다. 인간이란 진리를 찾아가려는 존재라고 여기고 자신도 평생 그것이 무엇인지 탐구하는 데 시간을 보냈다. 그가 탐구하면서 터득한 것은 인간이란 절대적인 진리 안에서 살아가는 존재이므로 그것 앞에서 겸손한 자세를 갖춰야 한다는 것이다. 그것을 삶의 태도와 연결지었다. 소크라테스에 의해 '어떻게 살아갈 것인가?'에 대한 탐구가 이뤄진 셈이다. "너 자신을 알라"라는 말은 자기 존재에 대한 탐구에 몰두하라는 메시지이다.

"인생은 사는 것이 중요한 것이 아니라 바로 사는 것이 중요하다"는 그의 말은 그가 삶에 대해 얻은 철학적인 답이 무엇인지 알게 한다. 소크라테스는 삶에 대한 진실이 무엇인지 발견하고 그것을 삶에서 실천해야 함을 강조했다. 그리고 자신이 한 말에 대한 책임을 지며 살았다. 얼마든지 죽음을 피해갈 수 있었지만 "악법도 법이다"라며 생을 마감한 것을 보면 알 수 있다. 인간에 대한 탐구는 소크라테스 이후 플라톤으로 이어지며 수많은 삶의 질문에 대해 답을 찾았다.

서양에만 철학이 존재했던 것은 아니다. 동양에도 서양 못지 않게 철학적인 사고로 삶을 바라본 학자가 많았다. 대표적인 철학자가 공자, 맹자, 노자, 장자이다. 이들은 중국 춘추전국시대에 나타났다. 춘추전국시대는 하루아침에 나라의 주인이 바뀌는 시대였다. 나라가 약하면 강한 자에게 멸망을 당했다. 피도 눈물도 없는 시대에 사상가들은 삶을 어떻게 살아갈 것인지

제2장 철학, 사람다움의 길에 의문을 던지다

탐구했다. 공자와 맹자는 인간의 본성에 대해 집중 탐구했다. 자기를 성찰하며 험한 세상에서 어떻게 삶을 꾸려가야 할지 늘 고민했다. 그렇게 해서 탄생한 책이 《논어》와 《맹자》이다. 이들은 자신들이 주장한 바에 걸맞게 생활에서 모범을 보이고 실천했다. 그 영향이 수많은 제자를 낳게 했고, 그 사상의 뿌리를 이어가게 했다. 우리가 사는 시대까지 커다란 영향을 끼치고 있으니 삶을 바라보는 자세가 탁월했다고 볼 수 있다.

노자와 장자는 우주와 자연의 질서에 충실할 것을 주장했다. 노자가 쓴 《도덕경》은 우주와 세상의 진리를 밝히는 내용으로 가득하다. 그렇다고 삶의 현장에 적용할 수 없는 내용만 있는 것은 아니다. 실생활에 어떤 자세로 살아가야 할지를 냉철하게 꿰뚫어 밝혀준다. 《장자》는 전설적인 요소와 이야기책의 형식을 띠고 있어 일상에 찌든 사람에게 다른 관점으로 세상을 바라볼 수 있도록 돕는다. 동양철학자들의 메시지는 우리가 살고 있는 시대와 문화가 비슷해 공감 가는 부분이 많다. 전체를 이해하려는 노력보다 마음을 울리는 한 문장이라도 진심으로 만난다면 삶을 바꾸어줄 수 있는 힘이 있다. 이것이 동양철학이 가지는 매력이다.

철학은 질문에서 시작된다. 의문이 나는 것에 질문을 던지고 그것에 대한 해답을 찾고자 노력하는 과정이 곧 철학이다.

세상의 시작은 어디서부터일까? 자연이란 무엇이며 어디가 시작이고 끝일까? '처음'과 '끝'은 어디서부터 어디까지일까? 이 세상은 어떻게 만들어졌고 어디로 흘러갈까? 나란 존재는 무엇인가? 나는 어디서 와서 어디로 가는 것일까? 나는 이 세상을 어떻게 살아가야 할까? 도덕적이라는 것은 어떤 것일까? 옳은 것과 그른 것을 규정하는 것은 무엇일까?

이러한 삶에 대한 질문들은 누군가가 이끄는 대로 따라가는 것이 아니라 자기 인생을 살게 한다. 자기 삶에 대해 의문을 품고 답을 찾으려고 하는데 어찌 다른 사람이 이끄는 대로 따라갈 수 있겠는가. 그래서 지금 이 시대에도 여전히 철학적인 사고가 필요하다.

특히 청소년기에는 필연적으로 자기 존재에 대한 의문이 시작된다. '나는 누구이며, 어디서 와서 어디로 가는지, 앞으로 어떻게 살아갈 것인지'에 대해 의문이 가득하다. 이런 질문에 관심을 가지고 의문을 해결해야 사춘기를 슬기롭게 극복할 수 있다. 또한 이와 같은 질문에 자기 나름의 답을 찾을 수 있어야 자기 인생을 살아갈 수 있다. 삶에 대해 생각하지 않으면 생각나는 대로 살아갈 수밖에 없다. 프랑스의 시인이자 사상가인 폴 발레리의 "생각한 대로 살지 않으면 사는 대로 생각하게 된다"는 말처럼 되는 것이다.

살아가면서 원하는 대로 일이 펼쳐지지 않을 때가 많다. 명확한 꿈을 설정하고 나아가도 장애물에 부닥치고 실패할 수도 있다. 그때마다 문제를 해결하기 위해 질문을 던지고 답을 찾는다면 스스로 장애물을 제거하고 나아갈 수 있다. 인간다운 삶에 대해 고민하며 인문학을 시작한 키케로도 일상생활에서 철학적인 사고를 하며 나아가라고 말한다.

　"분명히 말하건대, 영혼을 위한 의술은 있다. 그것이 철학이다. 몸이 아플 때와 달리, 철학에서는 외부에서 도움을 구할 필요가 없다. 자신이 가진 모든 자원과 힘을 가지고 스스로를 치료하도록 노력해야 한다."

　이것이 철학적인 삶을 살아가는 태도이다.

사람답게 살기 위해
왜 철학이
필요한가?

철학은 인간이란 무엇인지에 대해 탐구하는 학문이다. 그래서 인간이 살아가는 데 있어서 필요한 것과 갖추어야 할 것들, 앞으로 살아갈 삶, 그리고 삶이 마감된 후 세계에 대해 끊임없이 고민하며 그 해답을 구했다. 그러면서 자연스레 사람답게 사는 삶이 무엇인지 알아갔다. 철학자들마다 각자 추구하는 질문과 이상, 사상이 달랐지만 초점은 역시 사람답게 살아가는 것이 무엇인가였다. 이 말을 다른 의미로 해석하면 인간은 저절로 바람직한 인성을 품고 살아가기 힘든 존재라고 볼 수 있다. 태어나고 자라면서 저절로 사람답게 살아간다면 굳이 철학적인 질문으로 탐구할 필요가 없다. 그것이 힘든 문제이기에 철학적인 질문을 통해 진정한 삶의 의미에 대해 묻고 답하며 사람답게 살아가려고 힘썼던 것이다.

　세계에서 가장 많이 팔린 책은 단연《성경》이다. 서양철학뿐만 아니라 문화와 삶, 역사를 이해하려면《성경》을 읽어야 한다. 서양 사람들 삶의 근간이 되는 것이 곧《성경》이기 때문이다. 철학, 역사, 문학, 이 모든 범주를 포괄하는《성경》은 하나님과 올바른 관계를 맺는 것이 곧 사람답게 사는 길이라고 말한다. 에덴동산에서 아담과 하와가 선악과를 따먹으면서 하나님과의 관계가 깨졌다. 그 죄로 깨진 관계를 회복하는 것이 최선의 삶이라고 여긴다. 하나님과의 관계가 회복되어야 사람간의 관계도 세워갈 수 있다고 한다. 사람이 살아가면서 꼭 지키며 살아가야 하는 십계명을 보면 이해하기 쉽다.《성경》에는 하나님이 모세를 통해 사람들이 살아가면서 꼭 지켜야 하는 계명을 준다. 그중 1~4계명은 인간이 하나님과의 관계에서 지켜야 하는 계명이다. 그다음 5~10계명은 사람과의 관계 속에서 꼭 지키며 살아가야 할 덕목이다.

　사람들과 관계를 맺는 방법도 자세히 전한다. 부모를 공경하고, 살인하지 말고, 간음하지 말고, 도둑질하지 말며, 이웃에 대해 거짓 증언하지 말고, 이웃의 것을 탐내지 말라고 한다. 이것을 지키며 사는 사람이 곧 지혜로운 사람이라고 한다. 또한 겉으로 드러난 결과뿐만 아니라 속마음도 이것을 지켜야 한다고 말한다. 마음속으로 간음한 것도 실제로 간음한 것과 같은 죄를 묻는다고 한 것을 보면 알 수 있다. 우리는 마음까지 지키며 사는 것이 얼마나 힘든 일인지 알지만《성경》은 마음까지 다스리며 살아야 사람답게 살아갈 수 있다고 말한다.《성경》을 철학 범주 안에서 다루는 것이 합리적이지는 않지만 사람답게 살아가는 것에《성경》만 한 것이 없기에 추천해 보았다.

철학자들은 하나같이 인간이란 무엇인지에 대한 질문을 통해 사람답게 살아가는 것이 무엇인지 탐구했다. 그 대표적인 예가 소크라테스이다. 소크라테스의 삶을 가장 가까이에서 바라본 제자 크세노폰의 말은 철학적인 사고가 어떻게 사람답게 살아가게 하는지 알게 한다. 크세노폰의 저서《소크라테스의 추억》에서 소크라테스가 한 말을 이렇게 전한다.

"자신을 아는 사람은 무엇이 적합한지 스스로 알며, 무엇을 할 수 있고 무엇을 할 수 없는지를 분별하며, 또한 어떻게 할 것인지 아는 바를 해냄으로써 필요한 것을 얻고, 그러고는 모르는 것을 삼감으로써 비난받지 않고 살아가며 또 불운을 피하게 된다네."

자신을 진정으로 아는 사람은 누군가로부터 비난받지 않는 행동을 하며 살아가는 사람이라고 한다. 그렇게 살아갈 때 불운을 피하게 되고 행복한 삶을 살 수 있다고 말한다. 플라톤도 저서 《국가》에서 소크라테스의 말을 전하며 사람답게 살아가는 결론을 이렇게 내린다.

"올바름이란 자신을 잘 조절하고 스스로 자신을 지배하여 마치 음계의 세 음정(최저음, 중간음, 최고음)처럼 전체가 조화를 이루는 것이지. 이렇게 절제 있고 조화된 하나의 인격이 생긴 뒤에야 무슨 행동이든 할 수 있다."

소크라테스는 한 개인의 영혼에는 이성, 격정, 욕구의 세 부분이 있다고 주장한다. 올바름이란, 즉 사람답게 살아가는 삶이란 영혼의 세 부분이 이성의 통제에 따라 조화를 이루어야 가능하다고 말한 것이다. 소크라테스의 말에 다른 의견이 있는 사람도 있었다. 서로 올바르게 살아가는 방법에 대해 끊임없이 질문을 던지고 논하며 국가가 그리고 한 개인이 사람답게 살아가는 것에 대해 알아간다는 것이다. 소크라테스의 죽음의 과정을 바라본 플라톤은 올바르게 살아가야 하는 삶을 국가와 개인의 차원에서 《국가》에 잘 서술해 놓고 있다. 《국가》라는 책을 보면 철학적인 사고가 어떻게 올바름에 도달해 사람답게 살아갈 수 있는지 그 답을 제시해 준다. 루소도 플라톤의 《국가》는 '인간 교육에 대한 세계 최고의 논문'이라고 치켜세운다. 그만큼 사람답게 살아가는 것에 대해 어떻게 생각하고 삶에 적용하

며 나아가야 하는지를 제시하고 있
기 때문이다.

소크라테스는 말과 행동이 일치된
삶을 살았다. 어떻게 살아가야 할지
에 대한 철학적인 의문에서 구한 답
대로 삶에서 실천했다. 그의 말이 그
것을 대변한다.

"조금이라도 지혜가 있는 사람이
라면 죽느냐 사느냐 하는 위험을 헤
아려서는 안 되며, 오직 올바른 행위
를 하느냐 나쁜 행위를 하느냐, 선한
인간이 할 일을 하느냐 나쁜 인간이
할 일을 하느냐 하는 것만을 고려해
야 한다."

▪ **플라톤(Platon, 기원전 427~기원전 347)**

고대 그리스의 철학자. 객관적 관념론
의 창시자. 소크라테스의 제자로 아카
데미아에 학교를 열어 교육에 힘썼으
며, '철인정치'의 실현을 위한 노력은
그의 제자들을 통해 이어졌다. 《국가》
와 《법률》은 그의 많은 저서 중 2대
저서로 꼽힌다. 그 외에 《대화편》,
《소크라테스의 변명》, 《향연》 등의 저
서가 있다.

소크라테스는 자신이 한 말대로 죽음의 위협 앞에서도 죽느
냐 사느냐 문제로 고민하기보다 자신이 올바른 행위라고 생각
한 것을 선택했다. 그래서 그의 삶이 위대하고 가치가 있다.

"나는 생각한다. 고로 나는 존재한다"라고 말한 데카르트는
교황체제의 기득권에 맞서며 어떻게 살아가야 할지 생각했다.
중세 유럽을 지배한 교회의 타락과 성직자들의 탐욕을 바라보

며 데카르트는 그들의 사고에 맞선다. 특히 모든 책을 수도원에서 관리하며 지식을 독점한 교회를 향해 반기를 든다. 가톨릭 신자로서 교회에 맞서는 것이 쉽지는 않았다. 자신의 저서가 재판에 회부될까봐 두려워 슬그머니 출간을 포기하기도 했다. 그럼에도 불구하고 '나는 생각하므로 존재한다'고 말하며 타락한 교회의 주장을 의심한다. 그리고 강력한 교회의 권위에 반발하며 생각의 주체는 바로 자신이라고 말한다. 사람답게 살아가려면 스스로 생각하며 살아가야 한다는 것이다. 데카르트의 사유는 당시로서는 혁명적이었고, 근대정신의 근간이 되었다.

데카르트로 시작된 어떤 권위에 대한 의심은 수많은 혁명으로 이어진다. 대표적인 예가 프랑스 혁명이다. 사람들은 눈치를 보며 나라의 권위에 순응하다 기득권에 저항해야 함을 깨닫고 실천에 옮긴다. 데카르트가 직접적인 영향을 끼친 것은 아니지만, 누군가에게 무작정 순응하며 끌려가는 것이 아니라 의심하며 스스로 사고해야 한다는 데카르트의 삶에 대한 사유는 많은 사람에게 알게 모르게 영향을 끼친 것이다. 프랑스 혁명이 일어날 수밖에 없는 여러 가지 상황이 있었겠지만, 스스로 삶에 대해 생각하며 나아가겠다는 의지는 혁명을 일으켰고, 더 나은 삶을 추구할 수 있게 했다. 그 후로도 많은 철학자가 자기 나름대로의 사상체계 아래 사람답게 사는 것을 탐구하고 체계화했다. 접근하는 방식과 다루는 언어가 다를 뿐이지 본질은 하나였다. 더 나은 삶을 살아가려면 어떻게 해야 하는가이다.

동양철학도 다르지 않다. 동양철학에 일관되게 흐르고 있는 핵심은 인의예지(仁義禮智)이다. 사람이 살아가면서 반드시 지키며 살아가야 할 삶의 원리를 축약한 말이다. 이 말은 맹자(孟子)가 했다. 맹자는 "사람의 원래 성품을 선(善)하다"라며 성선설(性善說)을 주장하며 《맹자》〈공손추상 제6장〉에 이렇게 말했다.

"불쌍해하는 마음을 기준으로 생각해보면, '불쌍해하는 마음'이 없으면 사람이 아니고, '선하지 못한 것을 부끄러워하고 미워하는 마음'이 없으면 사람이 아니고, '사양하는 마음'이 없으면 사람이 아니며, '옳고 그름을 따지는 마음'이 없으면 사람이 아니다.

불쌍해하는 마음은 인(仁)의 실마리가 되고, 자신의 선(善)하지 못한 것을 부끄러워하고 미워하는 마음은 의(義)의 실마리가 되고, 사양하는 마음은 예(禮)의 실마리가 되고, 옳고 그름을 따지는 마음은 지[知(智)]의 실마리가 된다."

이것을 네 가지 실마리라 하여 사단(四端)이라고 하는데 맹자는 모든 사람이 이런 마음을 갖고 있다고 했다. 그래서 인의예지를 바탕으로 나라를 다스려야 함을 강조한다. 이것을 '인정(仁政)' 또는 '왕도(王道) 정치'라고 한다. 즉 인의(仁義), 도덕성을 기반으로 나라를 다스려야 한다는 것이다.

공자는 《논어》를 통해 사람답게 살아가야 함을 말한다. 이미 《논어》는 그 명성이 세계적이다. 그래서 다음 장에 더 자세히 살펴보려고 한다. 공자의 제자와 함께했던 수많은 사상가는 모두 사람답게 살아가야 함을 각자의 논리로 펼친다. 노자는 《도덕경》을 통해 상대적인 개념을 적용해 삶을 살아가는 법을 설명한다. 그러면서 물처럼 살아가라고 전한다. 《도덕경》 제8장에 나온 이야기를 살펴보자.

가장 훌륭한 것은 물처럼 되는 것입니다.
물은 온갖 것을 위해 섬길 뿐,
그것들과 겨루는 일이 없고,
모두가 싫어하는 낮은 곳을 향하여 흐를 뿐입니다.
그러기에 물은 도에 가장 가까운 것입니다.
낮은 데를 찾아가 사는 자세
심연을 닮은 마음
사람됨을 갖춘 사귐
믿음직한 말

정의로운 다스림

힘을 다한 섬김

때를 가린 움직임.

겨루는 일이 없으니

나무람 받을 일도 없습니다.

　　노자의 《도덕경》을 보면 사람답게 살아가는 것이 어떤 것인지 여러 설명을 하지 않아도 단번에 알아차릴 수 있다. 제24장에 나온 이야기를 한 번 더 읽어보자.

발끝으로 서는 사람은 단단히 설 수 없고,

다리를 너무 벌리는 사람은 걸을 수 없습니다.

스스로를 드러내려는 사람은 밝게 빛날 수 없고,

스스로 의롭다 하는 사람은 돋보일 수 없고,

스스로 자랑하는 사람은 그 공로를 인정받지 못하고,

스스로 뽐내는 사람은 오래갈 수 없습니다.

　　노자는 사람을 의식하지 말고 물처럼 자연스럽게 살아가라며 위와 같은 메시지를 전한다. 마음에 담아놓고 삶의 태도로 삼을 만하다. 이런 말이 삶의 지침이 된다면 사람다운 삶은 저절로 형성될 것이다.

《중용(中庸)》은 지나치거나 모자라지 않고 한쪽으로 치우치지도 않은 떳떳하며 변함이 없는 상태나 정도를 말하고 있다. 이런 가치로 삶을 살아가라는 메시지이다. 역시 사람답게 살아가는 태도로서의 접근이다.

사람다움의 길을
배우다
-《논어》

사람답게 살아가는 길을 배우는 데 가장 적합한 책 하나를 선택하라면 단연《논어》가 떠오른다. 이미 수많은 사람이《논어》를 삶의 지침서로 삼아 성공적인 삶을 살았다. 우리나라에서는 삼성을 창업한 이병철 회장이 떠오른다. 그는 회사를 세우고 경영해나가는 데 있어서 무엇보다《논어》의 도움이 컸다고 말했다. 회고록《호암자전(湖巖自傳)》에서 그는 이렇게 밝힌다.

"가장 감명을 받은 책 혹은 좌우에 두는 책을 들라면 서슴지 않고《논어》라고 말할 수밖에 없다. 나라는 인간을 형성하는 데 가장 큰 영향을 미친 책은 바로《논어》다. 나의 생각이나 생활이 《논어》의 세계에서 벗어나지 못한다고 하더라도 오히려 만족한다. 《논어》에는 내적 규범이 담겨 있다. 간결한 말 속에 사상과 체험이 응축되어 있어 인간이 사회인으로서 살아가는 데 불가결한 마음가짐을 알려준다."

그렇다면 《논어》가 왜 이렇게 사람답게 살아가는 데 모델이 되었을까? 《논어》를 이해하려면 당시 시대 상황과 저자인 공자(孔子)의 삶을 이해해야 한다. 《논어》가 집필되었던 시대는 춘추전국시대였다. 이 시기는 주(周)나라가 수도를 동쪽으로 옮긴 후부터 진나라의 시황제가 중국을 통일하기까지를 말한다. 이때는 힘이 있는 사람들이 나라를 세우고 다른 나라를 공격해 세력을 확장해나갔다. 탐욕에 사로잡힌 제후들은 왕을 공격하는 일을 서슴없이 저질렀다. 서로 먹고 먹히던 시대 군주(왕)들은 패왕이 되기 위해 학문이 뛰어난 사상가들을 등용해 지략가로 삼았다. 공자도 자신이 가진 지식과 철학을 내세워 군주들을 설득했다. 하지만 어느 군주도 공자의 말에 귀 기울이지 않았다. 무려 13년 이상을 여러 나라를 돌아다녔지만 좌절을 맛보아야 했다. 온갖 어려운 일을 겪으며 나라를 떠돌던 공자는 다시 자신이 태어난 노나라로 돌아간다. 그리고 제자들을 가르치는 일을 한다. 그때 그의 학문이 꽃피기 시작했다.

공자의 사상을 대변하는 것은 《논어》이다. 《논어》가 뿌리가 되어 《맹자(孟子)》, 《대학(大學)》, 《중용(中庸)》이 탄생했다. 사서(四書)라 불리는 이 책들은 유학의 기둥이다. 그만큼 《논어》가 주는 영향은 컸다. 《논어》를 통해 공자가 전하려는 메시지는 인간다운 정신과 삶이었다. 그것이 바로 '인(仁)'이다. 인(仁)이야말로 가장 사람답게 살아가는 정신적 힘이라고 여겼다. 그것을 배우고 익히는 삶이 가장 사람답게 살아가는 길이라고 여긴 것이다. 《논어》의 처음을 봐도 알 수 있다.

'배우고 때때로 그것을 익히면 또한 기쁘지 아니한가?'

학이(學而)편 제1장은 이렇게 시작된다. 그럼 공자는 무엇을 배워서 익히고 실천해야 한다고 했을까? 그것은 바로 '사람답게 사는 것'이다.

모르는 것을 알아가는 것만큼 기쁜 일도 없다. 그중에서도 삶의 근간이 되는 사람답게 사는 것이 무엇인지 배우고 익히며 나가는 삶은 최상의 기쁨이다. 공자는 그런 삶을 꿈꾸고 원했다. 그래서 《논어》의 시작을 사람답게 살아가는 것을 배우고 익히라고 말하는 것이다. 그래야 나라를 빼앗고 자신의 탐욕을 채우려는 삶에서 벗어날 수 있다고 생각한 것이다.

그런데 요즘 청소년들은 배움의 과정이 사람답게 사는 것에 있지 않은 듯싶다. 사람답게 사는 것보다는 어떻게 하면 돈을 많이 벌 수 있는가에 초점이 맞춰져 있다는 생각이 든다. 학교나 사회도 성적으로 사람을 평가하기에 급급하다. 그렇다보니 학생들도 사람 됨됨이보다 누군가에게 인정받기 위한 공부에 전념한다. 이런 모습을 보지도 않았던 공자는 일찍이 누군가에게 인정받기 위해 공부하는 것을 염려했다. 헌문(憲問)편에서 이렇게 말한다.

"옛날에 공부하는 사람들은 자신의 수양을 위해서 했는데, 요즘 공부하는 사람들은 남에게 인정받기 위해서 한다."

공자는 모름지기 공부란 자신의 수양, 즉 사람답게 사는 것에 대한 것이어야 한다고 강조한다. 그런데 당시 학문을 하는 사람들은 누군가에게 잘 보여 입신하기 위한 공부를 하고 있다고 날카롭게 꼬집는다. 공부하는 목적을 바로 세우라는 뜻이다. 공자의 헌문편의 말을 들어보자.

"남이 나를 알아주지 않음을 걱정하지 말고 자신의 능력이 없음을 걱정하라."

남이 알아주는 것보다 자신의 능력을 키우는 것에 집중하라는 말이다. 공자의 이런 메시지에 의문이 갔던지 제자 자장은 "어떻게 처세하면 세상에서 뜻을 펼칠 수 있습니까?"라고 묻는다. 그러자 공자는 위령공(衛靈公)편에서 이렇게 답한다.

"말이 진실 되고 미더우며 행동이 독실하고 공경스러우면, 비록 오랑캐의 나라에서라도 뜻을 펼칠 수 있다. 그러나 말이 진실되고 미덥지 않으며 행실이 독실하고 공경스럽지 않으면, 비록 자기 마을에서인들 뜻을 펼칠 수 있겠는가? 서 있을 때는 그러한 덕목이 눈앞에 늘어서 있는 듯하고, 수레에 타고 있을 때는 그것들이 멍에에 기대어 있는 듯이 눈에 보인 다음에야 세상에 통할 것이다."

자장은 공자의 말을 허리띠에 적어 두고 삶의 표본으로 삼았다고 한다.

공자는 계씨(季氏)편에서 군자가 항상 생각해야 할 것들에 대해 전한다. 군자란 인(仁)을 바탕으로 바람직한 인격체를 완성한 사람을 의미한다.

"군자에게는 항상 생각하는 것이 아홉 가지가 있다. 볼 때에는 밝게 볼 것을 생각하고, 들을 때에는 똑똑하게 들을 것을 생각하며, 얼굴빛은 온화하게 할 것을 생각하고, 몸가짐은 공손하게 할 것을 생각하며, 말을 할 때는 진실하게 할 것을 생각하고, 일을 할 때에는 공경스럽게 할 것을 생각하며, 의심이 날 때에는 물어볼 것을 생각하고, 성이 날 때에는 뒤에 겪을 어려움을 생각하며, 이득 될 것을 보았을 때에는 그것이 의로운 것인가를 생각한다."

위의 아홉 가지를 삶에 실천한다면 누구나 사람다운 삶을 살 수 있을 것이다. 그런데 왜 모두가 그런 삶을 살지 못할까? 그것은 실천의 문제이다. 배운 것을 삶에 그대로 적용하는 힘이 부족하기 때문이다. 그 의미는 위정(爲政)편에 이렇게 전한다.

"배우기만 하고 생각하지 않으면 헛되이 되기 쉽고, 아무리 생각해도 배우지 않으면 위태롭다."

공자는 배우고 생각하는 것이 실천으로 이어지지 않으면 아무런 의미가 없다고 생각했다. 또한 생각은 많이 하는데 제대로 된 배움의 과정이 없으면 잘못된 길로 갈 수 있다고 여겼다. 그런 사람들은 다른 사람들을 위태롭게 하고 자기 욕심을 위해 잘못된 선택을 할 수 있다. 그래서 바람직한 것에 대한 배움과 생각, 실천이 순환되어야 한다.

공자의 말대로 실천하려면 생활 속에서 만나는 사람도 중요하다. 사람은 누구를 만나느냐에 따라 인생이 달라질 수 있다. 우리의 삶은 만남의 연속이다. 매일의 삶에서 책, 음악, 영화, 사람을 만나며 살아간다. 어떤 것을 자주 만나느냐에 따라 그에 따른 영향을 받는다.

특히 청소년기에 친구의 중요성은 아무리 강조해도 지나침이 없다. 자아정체성이 형성되는 시기이므로 만나는 친구에 따라 가치관과 세계관이 형성된다. 그만큼 이 시기에 받는 영향이 크다. 그래서 공자의 말에 귀를 기울여야 한다. 계씨(季氏)편에 전하는 말이다.

"유익한 벗이 셋이 있고 해로운 벗이 셋이 있다. 정직한 사람을 벗하고, 신의가 있는 사람을 벗하고, 견문이 많은 사람을 벗하면 유익하다. 위선적인 사람을 벗하고, 아첨 잘하는 사람을 벗하고, 말만 잘하는 사람을 벗하면 해롭다."

지금 만나는 사람은 누구인지 그리고 나는 어떤 사람인가에 대한 점검이 필요하다. 사람답게 살아가는 길이 무엇인지 제대로 배우고 삶에서 실천하며 올바른 사람으로 성장해나가야 함을 《논어》를 통해 배워야 한다.

66
어떻게 사는 것이
행복한 삶인가?
-《니코마코스 윤리학》
99

동양철학에서《논어》가 사람답게 사는 길의 표본이
된다면 서양철학에서는 아리스토텔레스를 빼놓고 사람다움의
길을 이야기할 수 없다. 아리스토텔레스를 이해하려면 역시 그
의 삶을 알아보아야 한다. 아리스토텔레스는 그리스 북부 마케
도니아에서 태어났다. 어린 시절에 그는 의사였던 아버지의 뒤
를 이어 의학공부를 시작했다.

하지만 열 살 무렵 아버지가 세상을 떠나자 더 많은 공부를
위해 고향을 떠난다. 그때가 열일곱 살 때였다. 고향을 떠난 아
리스토텔레스는 아테네에서 새로운 공부를 시작한다. 플라톤
을 스승삼아 플라톤이 세운 아카데미아에서 무려 20년간을 공

부에 매달린다. 그는 철학적인 사유를 하는 데 플라톤의 영향을 가장 많이 받았으며, 플라톤을 '신과 같은 존재'라고 여길 정도로 존경했다. 그렇다고 플라톤이 주장하는 철학적 사고를 그대로 따른 것은 아니다. 아리스토텔레스는 자기 나름대로의 철학적 사고를 통해 사상을 완성해나갔다. 스승과 제자의 사유 방식이 다르다는 것은 라파엘로가 그린 〈아테네 학당〉의 그림을 통해 확인할 수 있다.

■ 라파엘로의 〈아테네 학당〉
중앙의 왼쪽에 있는 인물은 플라톤으로 자신의 저서 《티마이오스》를 들고 있고, 오른쪽에는 아리스토텔레스로 자신의 저서 《에티카》를 들고 있다. 왼쪽에 사람들에게 열심히 이야기하고 있는 인물은 소크라테스이고, 오른쪽 허리를 굽히고 컴퍼스로 도형을 그리는 인물은 유클리드이다. 왼쪽 구석에 쪼그리고 앉아 기록하고 있는 인물은 피타고라스이다.

라파엘로가 그린 그림의 정 중앙 두 사람이 플라톤과 아리스토텔레스이다. 플라톤은 붉은색 옷을, 아리스토텔레스는 청색 옷을 입고 있다. 옷 색깔부터 다르다. 붉은색은 정열을, 청색은 중재와 평정을 의미한다. 플라톤의 오른손 손가락은 하늘을 가리키고, 아리스토텔레스의 손바닥은 땅을 향한다. 들고 있는 책도 다르다. 플라톤은 《티마이오스》라는 자연에 관한 책을 들고 있고, 아리스토텔레스는 《에티카》라는 윤리학 책을 들고 있다. 그림의 모든 것을 종합하면 플라톤은 이상(idea)을 추구했고, 아리스토텔레스는 현실을 중시했다는 것을 알 수 있다.

　아리스토텔레스는 현실의 세계에 대해 관심을 가지며 이 땅에서 살아가는 최고의 목적이 곧 행복이라고 말했다. 행복한 삶을 살기 위해 필요한 것이 윤리학이었던 것이다. 아리스토텔레스는 평생 이룩한 사상적 가치를 가장 사랑하는 아들에게 전하려고 글을 쓴다. 아들 니코마코스에게 강의 형식을 빌려 행복해지기 위해서는 무엇이 필요하고 어떻게 행동하며 나아가야 하는지를 알려준다. 그렇게 쓴 책이 그의 손에 들려 있다. 그 제목이 바로 《니코마코스 윤리학》이다.

　아리스토텔레스는 《니코마코스 윤리학》에서 어떻게 살아야 행복한 삶을 살 수 있다고 했을까? 아리스토텔레스는 책의 시작에서 "인간의 모든 행위와 선택, 모든 기술과 탐구는 어떤 좋음을 목표로 하는 것 같다"라고 말하고 있다. 사람은 누구나 어떤 좋은 것을 위해 열심히 살아가고 공부하고 노력한다. 사람마다 추구하는 것이 다르겠지만 아리스토텔레스는 그렇게 추구하는 최고의 좋은 것은 바로 "행복"이라고 말한다. 행복하기 위해서 뭔가를 추구하며 살아간다는 의미이다.

우리가 살아가는 세상도 마찬가지이다. 사람마다 추구하는 가치는 다르겠지만, 결국에는 행복한 삶을 위해서 살아간다. 그렇다면 청소년들이 생각하는 행복한 삶은 어떤 것일까? 모든 청소년이 그렇지는 않겠지만 대체적으로 돈을 많이 벌면, 명예를 가지면, 안정적인 직업을 가지면, 외제차를 타고 비싼 아파트에서 살면 행복할 것이라고 생각한다. 그것을 최선의 좋은 것으로 여기고 오늘의 삶에 최선을 다한다.

그런데 아리스토텔레스는 다른 이야기를 전한다. 그가 책에서 전하는 메시지를 들어보자.

"돈을 버는 일은 강요에 의한 생활이며, 부는 분명히 우리가 구하는 선이 아니다. 돈은 유용한 것일 뿐 다른 것을 위해서 존재하는 것이기 때문이다."

그는 돈은 수단일 뿐이지 행복의 목적이 될 수 없다고 말한다. 대신 행복의 토대가 되는 조건을 최고의 인성과 조화로운 인성을 갖추는 것이라고 말한다. 아리스토텔레스는 사람이

지니는 다양한 인성을 덕이라고 했다. 그가 말한 덕은 아레테(arete), 즉 탁월함과 탁월성을 의미한다. 《논어》를 비롯해 동양철학에서 말하는 덕의 상태와는 사뭇 다른 의미를 지니고 있다.

아리스토텔레스가 말한 덕의 상태란 어떤 것의 본성이나 기능이 최상의 상태가 되는 것을 말한다. 예를 들면 교수는 학생들을 가르치는 것을, 배우는 연기를, 학생은 공부를, 군인은 전투를, 신발을 만드는 사람은 가장 좋은 신발을 만드는 것과 같이 자신의 분야에서 탁월한 능력을 발휘하는 상태를 의미한다. 그것이 바로 덕이라고 한다. 각 분야에서 탁월한 상태에 도달해야 자신이 행복해질 수 있고, 나아가 사회와 세상의 행복도 추구할 수 있다고 한 것이다.

지금까지 아리스토텔레스의 말을 정리하면 이렇다.

삶의 최고의 목적은 행복이며, 그 행복은 인성이고, 인성은 덕이다. 덕은 탁월성을 지녀야 한다는 것이다. 하지만 여기서 그쳐서는 안 되고 또 행복한 삶을 살기 어려우므로 덕에 이르는 길에 대해 구체적인 이야기를 덧붙인다.

아리스토텔레스는 덕에는 지적인 덕과 도덕적인 덕이 있다고 말했다. 철학적인 지혜나 이해력은 지적인 덕, 너그러움이나 절제와 같은 것은 도덕적인 덕이라고 했다. 지적인 덕은 저절로 생기는 것이 아니라 교육에 의해 생기고 발전하며, 많은 경험과 시간이 필요하다. 반면, 도덕적인 덕은 습관의 결과로 생긴다. 덕에 이르기 위해서는 그와 관련된 교육을 제대로 받고 그것을 경험하고 습관화해야 한다. 그렇게 살아야 행복해질 수 있다.

뭔가 복잡하게 이야기하고 있는 것 같지만 《논어》에서 이야기하는 메시지와 그 뜻이 다르지 않음을 알 수 있다. 어떻게 사는 것이 사람답게 사는 것인지 배우고, 그것을 삶의 현장에서 경험하며, 습관이 될 때까지 실천하라는 것이다.

아리스토텔레스는 나아가 도덕적인 상태가 어떤 것인지 더 자세한 설명을 덧붙인다.

도덕적인 덕이 더 정확하고 좋은 것이 되려면 중간을 목표로 삼아야 되는데, 그것을 중용이라고 불렀다. 여기서 중간이란 가장 조화를 잘 이룰 수 있는 상태를 유지하는 조화로운 인성을 말한다. 그러면서 도덕적으로 갖추어야 할 덕목을 용기, 절제, 관후함, 긍지, 온화함, 친절, 부끄러움을 아는 것, 정의라고 이야기한다. 이런 덕목이 도덕적인 것이므로 자기 삶에서 경험하고 습관이 될 때까지 실천해야 한다. 그리고 이런 덕목을 갖춤에 있어서 조화로움을 유지해야 한다고 말한다.

그런데 조화로움을 유지한다는 것이 말처럼 쉽지 않다. 어디까지가 지나침이고 어디까지가 모자란 상태인지 사람으로서 판단하기 어렵다. 청소년이라면 더더욱 중용의 상태를 유지하는 것이 어려울 것이다. 미숙한 부분이 많기 때문이다. 그래서 아리스토텔레스는 중용의 상태를 유지하도록 돕기 위해 피해야 할 성품을 일러준다. 악덕과 자제력 없음, 그리고 짐승 같은 상태의 세 가지이다. 악덕의 반대는 덕이고, 자제력 없음의 반대는 자제이다. 덕의 상태는 이미 충분히 이야기했다.

그럼, 사람들은 어떤 부분에서 자제하기 힘들까? 자제력을 잃으면 자연스레 짐승 같은 상태가 되니 자제하기 힘든 것이 무엇인지 살펴보는 것이 도움이 될 것이다. 아리스토텔레스는 어디까지 자제해야 하는지 모르겠다면 쾌락을 조심해야 한다고 일러준다. 좋은 의미로서의 쾌락도 있기는 하지만 대부분의 쾌락은 선함보다는 악한 결과를 가져다준다. 사실 쾌락의 한계는 명확하게 판단하기 힘들다. 그래서 조심하라고 말하며 구체적으로 이렇게 말하고 있다.

"사람들이 나쁘게 되는 것은 쾌락을 추구하고 고통을 회피하기 때문이다. 추구하거나 회피해서는 안 되는 쾌락과 고통을 추구하거나 회피하면서 잘못을 저지른다."

많은 청소년이 스마트 폰으로 쾌락적인 삶에 노출되어 있다. 자기도 모르는 사이에 중독의 수준으로 빠져버린다. 보지 말아야 할 동영상도 얼마든지 볼 수 있는 환경이 되었다. 처음 한

번은 양심의 가책을 느끼지만, 그다음부터는 아무렇지도 않게 클릭하게 된다. 그러다 도저히 절제할 수 없는 상황에 이른다. 이렇게 되면 중용의 상태를 유지할 수 없고 결국 행복한 삶을 살수도 없다는 메시지를 아리스토텔레스는 전하고 있다.

당시 사회를 주도한 세계적인 철학자가 아들에게 전한 메시지는 지금 청소년에게도 여전히 유효하다. 행복한 삶을 살기 위해 필요한 것을 잘 살펴 덕이 자기 인격이 될 때까지 갈고닦아야 한다. 인성은 저절로 형성되지 않는다. 좋은 덕목들을 실천하며 습관으로 만드는 노력을 삶에서 실천할 때 만들어진다. 그럴 때 진정한 행복을 추구할 수 있고 우리의 삶의 행복으로 가까이 다가갈 수 있다. 이것이 사람답게 살아가는 길이다.

질문으로
사람다움의 길을
발견하라

철학은 삶을 돌아보게 하고, 자신의 존재가치에 대해 알게 한다. 그럼에도 불구하고 철학이 어려운 이유는 명확한 답을 제시해 주지 않기 때문이다. 철학서를 읽다 보면 도대체 무슨 메시지를 전달하고 있는지 가늠하기조차 힘들 때가 많다. 철학자들이 구사하는 언어와 우리가 사용하는 언어는 다른 부분이 있어 이해하기 어려운 점도 있다. 그래도 명쾌하게 정리되지 않는 메시지는 우리를 답답하게 한다. 이런 점이 철학과 멀어지게 하는 이유가 되기도 한다. 이것은 철학에 대한 오해에서 비롯된 것이다.

철학은 어떤 답도 명확하게 제시해주지 않는다. 오롯이 독자 스스로 답을 찾고 발견하도록 방향을 제시할 뿐이다. 철학의 특징이 이렇기에 질문이 필요하다. 그것은 철학자들이 전하는 메시지를 밝히는 질문이다. 프랑스의 시인이자 극작가인 외젠 이오네스코도 "깨달음을 주는 것은 대답이 아니라 질문이다"라고 말했다. 질문이 더 중요하다는 말이다. 괴테는 질문에 대해 좀 더 강한 말을 전한다. "현명한 대답을 원한다면 합리적인 질문을 하라." 질문에 따라 현명한 답이 나올 수도 있고 그렇지 않을 수도 있다는 말이다. 이렇듯 우리는 질문을 통해 스스로 사고하며 세상과 삶을 바라보는 능력을 향상시킨다. 그런 과정에서 삶과 세상을 사유하게 되고, 더 나은 삶으로 성장하며 나아가게 한다.

철학자뿐만 아니라 과학자들도 질문을 통해 과학적인 발전을 이루어갔다. 아인슈타인은 "만일 우리가 로켓에 빛을 실으면 그 빛의 속도가 빨라질까?"라는 질문으로 상대성 이론을 발견할 수 있었다. 모차르트는 수많은 작곡을 하며 "이게 과연 나의 최선인가?"라는 질문을 던졌다. 그 질문이 결국 위대한 그의 음악을 만들었다.

질문은 앎이 없이는 불가능하다. 질문을 던질 수 있다는 것은 이미 그 안에 절반의 답이 들어 있다고 해도 과언이 아니다. 아무것도 모르는 상태에서는 어떤 질문도 할 수 없기에 그렇다. 학교에서도 질문을 잘하는 아이들은 대체로 공부를 잘하는 아이들이다. 꼬리에 꼬리를 물고 이어지는 질문은 때로는 짜증을 불러일으킨다. 그래도 궁금증을 해결하지 못하는 아이들은 끊임없이 질문을 던지고 해결책을 찾는다. 질문하는 만큼 지식과 성적이 향상된다. 질문은 누가 대신해 주는 것이 아니라 스스로 해야 하는 것이기에 질문하는 만큼 성장이 뒤따른다.

이미 수많은 철학자도 질문을 통해 삶과 세상의 본질을 탐구했다. 그 대표적인 인물이 칸트이다. 칸트는 크게 세 가지 질문을 던지고 무엇을 탐구할지를 결정했다.

첫째, 나는 무엇을 알 수 있을까?

둘째, 나는 무엇을 해야만 하는가?

셋째, 내가 바랄 수 있는 것은 무엇인가?

간결한 질문 같지만 막상 답을 하려고 하면 쉽지 않은 질문이다. 칸트뿐만 아니라 이 세 가지 질문으로 우리는 어떤 영역이든 효과적으로 알아갈 수 있다.

칸트의 첫 번째 질문은 인간이 어떤 방법으로 무언가에 대해 알아가게 되는가를 알기 위함이다. 그 앎이 옳은지 아닌지, 옳다면 어떤 근거로 알 수 있으며 내가 아는 것을 다른 사람도 아는지에 대한 물음이다. 사람이 살아가면서 알게 되는 모든 것에 대한 앎을 포함한다. 다른 말로 하면 '인식론'을 의미한다.

두 번째 질문은 인간의 행위나 실천 목표를 결정하려는 것이다. 윤리학적인 질문으로도 볼 수 있다. '어떤 상황에서 나는 어떻게 행동해야 할 것인가? 그렇게 행동하는 것이 옳은 것인가? 왜 그렇게 해야만 하는가?'와 같이 실천하는 과정과 관련된 물음들이다.

세 번째 질문은 종교와 관련된 질문이다. 신은 존재하는가? 죽은 후에는 어떻게 될까? 과학적으로 증명할 수 없는 영역에 대한 질문을 통해 삶의 근본적인 이유를 밝히는 것이다.

칸트는 세 가지 질문으로 '인간이란 무엇인가?'라는 질문으로 이어간다. 내가 알 수 있는 것, 무엇을 해야만 하는가, 바라는 것의 한계는 어디까지인가에 대한 물음은 결국 '내 자신이 누구인지를 알고 싶다'라는 궁극적인 의문에서 비롯된 것이라고 할 수 있다. 그 질문은 결국 어떻게 살아갈 것인가로 이어진다. 결국 사람답게 살아가는 것이 무엇인지에 대한 의문을 탐구하는 것이다. 이런 질문에 효과적인 답을 찾아야 한다는 의미이다.

질문은 능동적인 삶과 피동적인 삶을 결정짓는다. 질문을 던지는 사람인가, 아니면 대답하는 사람인가라는 문제라고 볼 수 있다. 자신의 삶에 질문을 던지는 사람은 스스로 문제를 발견하고 해결하는 사람이다. 대답하는 사람은 누군가에 의해 끌려다니며 길들여질 수밖에 없다. 살아가면서 맞닥뜨린 문제에 대해 할 수 있느냐 없느냐를 결정하는 것은 자신의 능력 문제가 아니라 그 문제를 바라보는 태도와 관련된다. 그중 하나가 자신의 삶에 질문을 던지느냐 아니냐이다.

현대 경영학의 아버지로 불리는 피터 드러커는 철학적인 질문 하나로 인생의 전환점이 있었다. 그의 나이 열 살 때였다. 김나지움의 종교 담당 필리글러 신부가 피터 드러커에게 질문을 했다. "너는 죽은 뒤에 어떤 사람으로 기억되고 싶으냐?"

피터 드러커는 아무런 대답을 하지 못했다. 어린 그에게 죽음은 먼 나라 이야기였다. 어떻게 인생을 살아가야 할지 생각해본 적도 없는데 죽은 뒤에 다른 사람들에게 기억될 모습을 이야기한다는 것은 어려운 일이었다. 당황해하는 피터 드러커를 보고 신부는 웃으며 이렇게 말했다. "50세가 될 때까지 이 질문에 답할 수 없다면 그건 인생을 잘못 살았다고 볼 수 있다."

신부의 말은 어린 소년의 마음에 여운을 남겼다. 그때부터 피터 드러커는 자신이 죽은 뒤에 어떤 사람으로 기억될 것인가를 생각했다. 그리고 매일매일 자신에게 질문을 던지면서 그 답을 찾기 위해 노력했다. 그런 노력 끝에 인생의 목적을 발견한다. "나는 사람들이 목표를 설정하고 달성할 수 있게 도와준 사람으로 기억되고 싶다.”

경영의 대가가 되는 길은 이렇게 만들어졌다. 인생의 궁극적인 목적을 찾기 위한 철학적인 질문, 그 질문에 대한 답을 찾기 위한 필사의 노력, 원하는 삶의 목적을 달성하기 위해 피나는 노력이 경영학의 아버지가 되게 했다.

자기 존재와 죽은 뒤에 어떤 사람으로 기억되고 싶은지에 대한 질문을 던져야 한다. 질문을 던지고 그 답을 찾는 과정에서 사람다움의 길을 발견할 수 있기 때문이다.

제3장

역사,
지나온 삶에서
사람다움의 답을 찾다

청소년을 위한
인성인문학

66

되돌아보지 않으면
사람답게
살 수 없다

99

철학은 인간이란 무엇인가를 탐구하는 학문이다. 철학자마다 접근하는 방식은 다르지만 최종 목적은 결국 '어떻게 사는 것이 사람답게 살아갈 수 있느냐'이다. 그래서 끊임없이 삶과 세상에 질문을 던지고 답을 찾았다. 그런 관점으로 보면 철학은 앞으로 살아갈 날을 연구하는 학문이라 할 수 있다. 하지만 역사는 다르다. 역사는 지금까지 살아온 삶을 바탕으로 앞으로 어떤 삶을 살아야 할지를 배우는 학문이라고 볼 수 있다. 인류가 이룩해 놓은 수많은 인간사를 토대로 어떤 삶이 현명하고 사람다웠으며, 어떤 삶이 그릇되었는지를 알아내는 것이다. 역사(歷史)라는 용어를 풀이하면 이해하기가 쉽다.

역사는 지낼 역(歷)에 역사 사(史)를 쓴다. 풀이하면 지나간 것을 기록한 것이라는 의미이다. 기록되어 있는 것이 역사이다. 그래서 인간들은 지나온 인류의 역사를 알기 위해 기록을 찾아 헤맸다. 하지만 선사시대에는 문자로 기록되어 있는 것이 없어 유적과 유물로 당시 사람들의 생활상을 알 수 있었다. 사용하는 도구에 따라 석기, 청동기, 철기시대로 나누었다.

역사시대는 말 그래도 문자로 기록이 남아 있는 시대다. 수많은 기록을 통해 사람들은 인류가 어떻게 살아왔는지를 알 수 있었다.

영어로는 히스토리(history)인데 '조사', '탐구'라는 의미의 그리스어 '히스토리아(historiai)'에서 유래되었다. 조사해서 알아낸 것이나 연구와 탐구라는 의미로 이해할 수 있다. 역사를 알려면 지나온 삶의 이야기들을 스스로 연구하고 탐구하는 과정이 필요하다는 말이다.

역사를 연구하고 탐구해서 제일 처음 역사서를 쓴 사람은 그리스 역사학자 헤로도토스이다. 그는 페르시아 전쟁과 관련된 이야기를 여러 나라를 돌아다니며 수집하고 탐구해 책으로 펴냈다. 그 책이 인류 최초의 역사서 《역사(historiai)》이다. 동양 최초의 역사서는 사마천이 쓴 《사기(史記)》이다. 사기의 뜻이 역사(史)를 기록한(記) 책이라는 뜻이다. 사기는 중국의 3,000년의 역사를 무려 52만 6,500자로 풀어낸 방대한 책이다.

사람들은 무엇을 보고 역사를 기록했을까? 사료를 종합적으로 정리하며 역사를 서술했다. 사료란 과거 사람들이 남긴 흔적을 말한다. 사료가 없으면 역사도 존재하지 않는다. 사료를 꼼꼼히 살펴보면 옛사람들이 어떻게 살아왔는지가 보인다. 그래서 키르케고르는 "인생은 오직 뒤를 돌아보아야만 이해된다"라고 말했다. 과거 사람들이 남긴 흔적을 보아야만 비로소 삶을 이해할 수 있다는 뜻이다.

사람은 반드시 흔적을 남기게 되어 있다. 아무리 흔적을 없애려고 해도 어떤 형태로든 흔적은 남는다. 죄를 저지른 범인을 잡는 것도 모두 흔적을 바탕으로 추적해나간다. 완전범죄를 꿈꿔도 흔적은 남기에 언젠가는 꼬리가 잡힌다. 이처럼 우리는 오늘의 삶에서 흔적

■ 헤로도토스(Herodotos, 기원전 484 추정~기원전 425 추정)
고대 그리스의 역사가. 키케로가 '역사의 아버지'라고 불렀다. 그의 저서 《역사(Historiai, 9권)》는 그리스와 페르시아 간의 전쟁의 역사를 쓴 것으로 그 배경에서 과정까지를 상세하게 다루고 있다. 또한 그 속에 일화와 삽화가 많이 담겨 있어 많은 역사적 사실을 알려준다. 헤로도토스는 과거의 사실을 시가(詩歌)가 아닌 실증적 학문의 대상으로 삼은 최초의 그리스인으로, 《역사》는 그리스 산문사상 최초의 걸작으로 평가받고 있다.

제3장 역사, 지나온 삶에서 사람다움의 답을 찾다

을 남기는데, 그 흔적이 고스란히 역사가 된다. "어린 청소년인데도 나의 삶이 역사가 될 수 있나요?"라고 반문할지 모르겠다. 하지만 이 세상에 살고 있는 모든 사람은 역사 속의 인물로 남는다. 물론 자신이 역사의 주인공으로 생각하는지 아닌지는 개인에 따라 다르다. 그런 의미에서 우리 모두 오늘 하루의 삶을 허투루 살아서는 안 될 것이다. 내 삶이 역사로 남기 때문이다.

역사를 보면 미래의 삶을 예측할 수 있다. 현재 삶에서 남겨진 삶의 흔적을 살피고 분석하면 미래를 볼 수 있다. 그러면 자연스레 앞으로 어떻게 살아가야 할 것인지도 계획하고 준비할 수 있다. 그래서 역사가들은 과거의 삶을 매우 중요하게 생각한다. 과거에 대해 무관심하면 그의 인생에 희망이 없다. 로마의 철학자 키케로의 말을 들으면 이해가 쉬울 것이다.

"과거에 어떤 일이 이루어졌는지 모른다면 항상 어린아이처럼 지내는 셈이다."

키케로는 최초로 인간다움(Humanitas)을 이야기했던 사람이다. 그런 사람이 지난 삶에 대해 관심을 가져야만 어린아이처럼 살지 않는다고 말했다. 사람은 어떤 형태로든 성장이 이루어져야 자신이 나아갈 길을 스스로 열 수 있다. 항상 어린아이처럼 생각하고 행동하면 사람답게 살아가는 길을 발견할 수 없다. 그런 의미에서는 과거의 삶에 대해 관심을 가지라고 한다. 미국의 유명한 여성 사학자인 거다 러너도 다음과 같이 말했다.

"역사를 아는 것이 당신 자신의 인생과 일에 의미를 부여하는 길이며, 자신의 과거에 무지한 사람들은 사회에서 어떠한 대접을 받아도 아무런 저항을 하지 못한다."

역사를 모르면 인생의 의미와 사회생활조차 제대로 할 수 없다고 하니 역사를 제대로 알아야 함을 다시 한 번 깨닫게 된다.

지난 삶을 되돌아보아야 현재의 모습을 볼 수 있다는 의미는 이렇다. 지금 여러분의 삶이 있기까지 관련된 모든 정보를 지워보라. 이름과 생년월일, 부모님의 이름, 살고 있는 집, 지금까지 배우고 학습한 모든 것이 사라졌다고 생각하면 어떤가? 아마 여러분이 어떤 사람인지, 좋아하고 하고 싶은 것이 무엇인지도 알 수 없을 것이다. 자신이 어떤 사람인지 알려면 다시 어린아이의 세계로 돌아가야 한다. 그리고 인생을 다시 살아봐야 자기 정체성을 발견할 수 있다. 그런 수많은 과정을 거치며 나아가야 비로소 자신의 삶이 보인다.

반대로 자신이 태어나고 자란 환경이나 특성을 제대로 알면 자신이 누구인지 확실하게 알 수 있다. 그것을 잘 모르겠다면 조사하고 탐구해야 한다. 조사하고 탐구한다는 것은 부모님이나 자기 주변 사람들에게 묻는 것이다. 어려서부터 현재까지의 모든 것을 탐색하다 보면 자기 삶이 보이고 비록 짧은 인생이지만 성공과 실패의 원인과 결과까지 알 수 있다. 과거의 삶이 확실하게 분석되면 같은 실수를 반복해서 저지르지 않을 수 있다. 그래서 과거의 삶을 철저히 알아야 한다.

역사는 일정한 흐름이 있다. 우리는 그 흐름 속에서 살아가게 되어 있다. 그 흐름을 제대로 이해하면 사람답게 사는 길을 의외로 쉽게 발견할 수 있다. 역사에는 인간의 속성, 성공과 실패, 좌절과 희망, 삶의 의미와 존재의 이유가 숨겨져 있다. 그 속에서 참된 삶의 의미를 파악할 수 있다. 미국의 철학자 조지 산타야나는 여러 나라의 역사를 연구하면서 알게 된 것을 이렇게 이야기했다.

"자신의 역사를 알지 못하는 나라는 과거를 되풀이할 수밖에 없다."

일정하게 흐르는 역사를 제대로 알고 변화해야 한다면 인생의 물줄기를 다른 곳으로 틀어야 한다. 한 나라의 역사도 다르지 않다. 잘못된 길로 가고 있다는 것을 과거를 통해 알아야 나라를 올바른 쪽으로 이끌어갈 수 있다. 그래서 지나온 역사는 이렇게 중요하다. 지나온 역사에 대하여 어떻게 생각하고 반응하느냐에 따라 사람과 나라의 흥망성쇠가 달려 있다. 소크라테스도 과거를 어떻게 생각하고 사는지에 대해 이렇게 말했다.

"음미하지 않는 삶은 살 가치가 없다!"

지난날을 돌이켜보며 점검하지 않는 삶은 이미 그 가치를 상실했다는 의미이다. 그러니 사람답게 살아가는 길을 발견하고 걸어가려면 반드시 자기 삶의 역사와 인류 역사의 인과관계를 따져보고 곱씹어보고 분석해보아야 한다. 되돌아보지 않으면 어디로 가야 할지, 어떻게 살아가야 할지, 참된 삶이 무엇인지, 바람직한 인성의 모델이 무엇인지도 알 수 없다.

여러분은 어떤 생각을 품고 살아왔는가? 가장 중요하게 생각하고 있는 것은 무엇이었는가? 그런 생각으로 남은 인생을 살아간다면 어떻겠는가?

되돌아보지 않으면 사람답게 살 수 없다는 것을 기억하자. 그 길이 남은 삶을 보다 인격적으로 성숙되게 살 수 있도록 할 것이다.

##

66

역사에서
배워야
하는 것은?

99

  "역사란, 현재와 과거와의 끊임없는 대화이다."

에드워드 H. 카(E. H. CARR)의 《역사란 무엇인가》에 나온 말
이다. 역사가인 에드워드 H. 카는 역사란 무엇인가라는 질문
에 "현재와 과거와의 끊임없는 대화"라고 말했다. 이 말은 과거
의 일은 그대로 묻혀 버리는 것이 아니라 물 흐르듯이 이어져
우리 삶에 어떠한 형태로든 영향을 끼친다는 의미이다. 과거는
현재로 물처럼 흘러오고, 오늘 우리의 삶은 또 흘러서 미래로
간다. 이런 의미를 미국의 흑인작가 제임스 볼드윈은 이렇게
말했다.

"역사는 단순히 과거에 관한 것이 아니다. 아니 과거와는 거

의 상관이 없다. 사실 역사가 강력한 힘을 갖는 까닭은 우리 안에 역사가 있기 때문이고, 우리가 깨닫지 못하는 다양한 방식으로 우리를 지배하기 때문이며, 그리하여 말 그대로 우리가 하는 모든 일 안에 현존하기 때문이다.”

이 말이 주는 의미는 미국 개척사에서 나타난 두 사람의 일생을 보면 이해하기 쉬울 것이다. 조너선 에드워즈와 마르크 슐츠라는 두 사람의 삶을 뉴욕 시 교육위원회에서 조사했다. 그들의 영적이고 지적인 수준이 후손에게 어떤 영향을 주었는지 알아보려는 조사였다. 조너선 에드워즈는 《성경》을 토대로 인생을 살려고 했다. 그리고 그것을 후손에게 물려주었다. 또한 그는 인생을 살면서 지켜야 할 덕목으로 '가치 있는 삶을 위한 다섯 가지 결의'를 작성해 그것을 지키며 살았다.

첫째, 사는 동안 최선을 다한다.

둘째, 할 수 있는 한 가장 유익한 방법으로 살고 이 방법이 아니면 한순간이라도 낭비하지 않는다.

셋째, 경멸하는 것이나 비천하게 생각되는 것은 절대로 하지 않는다.

넷째, 복수심 때문에 어떤 일을 하지 않는다.

다섯째, 생명이 끝나더라도 해서는 안 될 일은 하지 않는다.

반면, 마르크 슐츠는 '돈을 많이 벌어 자손들은 가난을 모르며 살게 해주겠다'는 생각으로 살았다. 그는 술집을 열어 많은 돈을 벌었고, 훗날 뉴욕 주먹계의 대부가 되기도 했다.

조사 결과 그들의 후손의 삶은 이러했다. 조너선 에드워즈의 후손은 모두 896명이었다. 부통령 1명, 상원의원 4명, 대학 총장 12명, 대학교수 65명, 의사 60명, 목사 100명, 군인 75명, 저술가 85명, 판검사 및 공무원 210명, 기타 284명이었다. 그는 프린스턴 대학을 설립했다.

마르크 슐츠의 자손은 모두 1,062명이었다. 그중 전과자가 96명, 알코올중독자 58명, 창녀 65명, 극빈 구호 대상자가 286명, 막노동으로 살아간 사람이 460명, 기타 97명이었다.

이처럼 한 사람의 역사가 후손에게 끼치는 영향은 매우 크다. 역사는 이렇게 흐르고 흘러 오늘 우리의 삶을 지배한다. 내가 아니라고 소리쳐도 소용없다. 이런 조사 결과를 보면 '부모님이 살아온 대로 나의 인생도 따라가야 하는가?'라는 의문이 들것이다. 아니다. 얼마든지 역사를 바꾸어 새로운 삶으로 변환이 가능하다. 그래서 역사를 배우는 것이 중요하다.

역사를 통해 우리는 인간이 지금까지 무엇을 해왔으며, 어떤 것을 목적으로 삼아 살았는지를 살펴야 한다. 그 속에서 어떤 삶의 결과가 나타났는지 분석해야 한다. 그런 역사가 지금 나에게 어떻게 영향을 끼치고 있는지까지 확대해서 바라봐야 한다. 그래야 내 삶을 보다 좋은 쪽으로 바꾸어갈 수 있기 때문이다. 나아가 바람직한 인성을 바탕으로 행복한 삶을 살기 위해 현재 무엇을 준비해야 하는지 구체적인 답까지 얻을 수 있도록 힘써야 한다. 이것이 우리가 역사를 배워야 하는 이유이다.

우리 삶을 가만히 살펴보면 5년 전, 1년 전과 비슷한 상황에서 비슷하게 행동하며 살아온 것을 발견할 수 있다. 머릿속으로 한번 떠올려보면 이해가 갈 것이다. 의도하지 않았음에도 삶에서 반복된 역사를 우리는 경험하게 된다. 그래서 역사는 반복된다는 말을 한다. 이는 조너선 에드워즈와 마르크 슐츠의 삶에서도 고스란히 적용되었다. 이것은 개인의 삶뿐만 아니라 나라의 역사에도 그대로 적용된다.

한 나라가 흥하고 망하는 과정을 보면 이상하게도 비슷한 상황이 반복된다는 것을 알 수 있다. 삼국시대부터 조선왕조까지 한 나라가 흥하고 망하는 과정은 비슷하다. 망하는 나라는 왕이 정치를 그르친 경우가 많다. 나랏일을 일가친척이나 힘 있는 신하가 장악해 그르치는 일도 있다. 관료들은 부패하고 서로 헐뜯기 일쑤였다. 백성의 삶은 어려워지고 그 결과 반란이 일어나거나 외부 세력의 침입으로 이어졌다. 도저히 나라의 힘을 지탱하지 못할 때 자연스레 그들을 구제할 힘 있는 자가 나타나 나라를 다스렸다.

제3장　역사, 지나온 삶에서 사람다움의 답을 찾다

반면, 부흥한 나라는 정반대의 모습을 보여준다. 왕은 현명하여 백성을 사랑으로 다스리고 섬긴다. 신하들은 왕을 잘 보필하고 백성이 필요로 하는 것들을 위해 힘쓴다. 서로 상승효과가 나타나 한목소리로 나라를 위해 일한다. 때로는 흉년이 들어도 어려움을 극복해내는 힘이 있다. 백성은 불평불만보다는 인내로 견딘다. 왕과 신하들은 백성의 아픔을 자신의 아픔처럼 생각해 지혜를 모은다. 나라가 부흥할 수밖에 없는 상황들이 만들어져 삶을 편안하게 이끌어간다. 이런 역사의 반복은 세계 역사에도 그대로 적용된다.

역사를 살펴보면 이런 반복적인 현상이 지속적으로 일어난다는 것을 알 수 있다. 그럼 어떻게 해야 반복적인 역사에서 해방될 수 있을까? 비슷한 잘못을 똑같이 반복하지 않으려면 그일이 왜 일어났는지 알아야 한다. 지난날의 역사와 끊임없는 대화를 하며 원인과 결과를 꼼꼼히 살펴야 한다. 그리고 현실의 삶에 어떻게 투영되고 있는지 살펴야 한다. 지난날 삶의 역사들이 내 삶에 어떤 형태로든 영향을 주고 있기 때문이다. 그런 다음 잘못된 점에 대해서는 인정하고 잘한 것은 계속 발전시켜 나가면 된다.

우리나라가 줄기차게 일본정부에 위안부 사과를 받아내려는 것도 같은 이유이다. 청산하지 않는 과거는 다시 반복되기 때문이다. 그래서 끊임없이 잘못된 점을 사과하고 그에 합당한 보상절차를 밟으라고 하는 것이다. 하지만 일본정부는 반성은 커녕 그 일을 부인하고 왜곡하고 있다. 그들은 독일정부와 정반대의 길을 걷고 있다. 독일은 세계대전을 통해 주변국에 입힌 상처와 아픔에 대해 정중히 사과하고 보상을 했다. 기회가 될 때마다 과거를 반성하고 다시는 같은 일이 일어나지 않도록 하겠다고 약속한다. 독일의 그런 노력들은 유럽이 하나로 연합을 이루는 데 기틀을 마련했고, 함께 성장해나가는 고리가 되었다. 일본정부도 속히 독일을 본받아 과거사에 대해 깔끔하게 사과하고 다시는 같은 일을 반복하지 않도록 하는 조치가 필요하다. 그랬을 때 가슴 아픈 역사가 반복되지 않는다.

여러분의 삶에서도 지난날의 잘못된 역사를 청산하는 것이 중요하다. 사람답게 살지 못했다면 끊임없이 묻고 답하며 그 이유를 찾아야 한다. 잘못된 점이 발견되면 다시는 똑같은 실수를 반복하지 않는 조치를 취해야 한다. 그러면 비슷한 상황을 다시 만나도 실수하지 않게 된다. 오히려 현명한 선택을 하게 되고 보다 좋은 방향으로 삶을 바꾸어갈 수 있다. 같은 상황에서 어떻게 생각하고 행동하느냐에 따라 인생은 달라진다.

자기 인생을 되돌아볼 때 중요한 것은 오직 성공을 위해서 달려가서는 안 된다는 것이다. 사람으로서 마땅히 행해야 하는

제3장   역사, 지나온 삶에서 사람다움의 답을 찾다

일에 대해 초점을 맞추어야 한다. 사람답게 살지 못하면서도 성공적인 삶만을 추구하면 너무나 많은 피해가 뒤따른다. 자신은 물론 가족과 주변 사람들에게 아픔을 준다. 그래서 역사를 제대로 알고 배우고 삶에 적용시켜 나가야 한다. 그럴 때 좀 더 인간다움을 유지하며 살아갈 수 있다. 자연스레 인성도 갖추어진다. 이것이 우리가 역사를 배우는 목적이다. 마지막으로 플로랑스 스코벨 쉰을 생각하며 나의 지난날과 앞으로의 삶에 대해 생각하는 시간을 갖도록 해보자.

"삶은 부메랑이다. 우리의 생각, 말, 행동은 언제가 될지 모르나 틀림없이 되돌아온다. 그리고 정확하게 우리 자신을 그대로 명중시킨다."

• • •

신화를
알아야
하는 이유

어린아이들이 좋아하는 만화 가운데 가장 인기 있는 것 중 하나가 그리스로마 신화이다. 청소년들 중에서도 그리스로마 신화 만화는 한 번쯤 보았을 것이다. 한번 빠져들면 좀처럼 헤어 나올 수 없는 매력이 숨겨져 있어서 손에서 놓지 못했을 것이다. 그만큼 큰 재미를 안겨준다.

그리스 신화는 우리 사회에 많은 영향을 끼치고 있다. 영어의 어원 중 그리스 신화에서 유래된 말이 많기 때문이다. 이중적인 성격을 가진 사람은 '야누스(Janus)', 재주가 뛰어나 하는 일마다 돈을 잘 버는 사람을 '미다스의 손(Midas touch)'이라 부르는데 모두 그리스 신화에서 비롯된 용어들이다. 여러분이 좋아

제3장   역사, 지나온 삶에서 사람다움의 답을 찾다

하는 스포츠용품 메이커 '나이키(Nike)'는 승리의 여신 '니케'에서 따온 말이다. 이처럼 많은 영어 표현이 그리스로마 신화에서 비롯되어 꼭 알아야 하는 상식으로 취급된다. 퀴즈프로그램에서도 그리스 신화에 등장하는 인물들은 단골메뉴로 나온다.

한국사에서 자주 등장하는 메뉴도 단군신화나 고구려, 신라, 가야를 세운 인물들의 탄생신화이다. 좋은 점수를 얻기 위해 수도 없이 외웠던 인물들이기도 하다. 신화가 일반상식이 되고 시험에 자주 등장한다고 해서 알아야 하는 것은 아니다. 또한 신화는 실재하는 사건이 아니라 인간들이 지어낸 이야기일 뿐이다. 허황되어 보이는 신화를 우리가 알아야 하는 이유는 신화 속에 인간 존재의 본성과 삶에 대한 근원적인 질문과 답이 숨겨져 있기 때문이다. 인간들이 신화를 만들어내면서 담아 놓은 숱한 삶의 의문과 메시지도 들어 있다. 인간의 생각과 감정, 삶의 방향을 신화 속에 담아놓았다. 우리는 신화를 읽으면서 인간의 삶에 필요한 덕목과 과제를 발견하고 찾아야 한다. 그리고 그것을 삶에 적용시키며 사람답게 사는 것이 무엇인지 찾고, 그렇게 살도록 힘쓰겠다는 목적으로 읽을 필요가 있다.

최초로 하늘을 날아오른 이카로스의 이야기를 살펴보자. 이카로스를 이해하려면 그의 아버지 다이달로스에 대해 알아야 한다. 다이달로스는 손기술이 좋았다. 손재주가 비상해 만들지 못하는 것이 없는 발명가였다. 도끼와 송곳, 자를 발명했고 그가 만든 조각상은 살아 움직이는 듯한 착각을 불러일으킬 정도였다. 미노스 왕에게 의탁해 살던 시절, 그는 반인반우의 모습을 한 미노타우로스를 가둬두기 위해 미로를 설계하기도 했다.

사람들은 이카로스에게 아버지와 같은 발명가가 되라고 조언했다. 하지만 이카로스는 신은 되지 못하더라도 신을 만나고 신에게 인정받는 영웅이 되고 싶어 했다.

이후 다이달로스는 미노스 왕의 뜻을 거역한 죄로 아들 이카로스와 함께 미로에 갇히고 만다. 워낙 정교하게 설계된 미로는 도저히 탈출구를 찾을 수 없었다. 그들이 살고 있는 크레타 섬을 탈출할 유일한 방법은 하늘을 날아 바다를 건너는 것이었다.

다이달로스는 탈출하기 위해 비상한 생각을 하게 되는데, 그것은 몸에 날개를 다는 것이었다. 그는 계획대로 새의 깃털을 주워 양초의 밀랍을 발라 날개를 만들었다. 두 개의 날개를 만든 다이달로스는 이카로스에게 날개를 달아주며 너무 낮게 날거나 너무 높게 날지 말라고 당부한다. 너무 낮게 날면 날개에 바닷물의 습기가 차서 떨어져 죽을 테고, 너무 높이 날면 태양열에 밀랍이 녹아 떨어져 죽을 수 있기 때문이었다.

아버지와 이카로스는 힘차게 날아올라 미로를 빠져나왔다.

바다 위를 날아가던 이카로스는 점차 나는 것에 자신감이 생겼다. 아버지가 낮지도 높지도 않게 자신 곁에서 날아야 한다고 충고했지만, 이카로스는 아버지의 말을 무시하고 하늘로 점점 높이 올라갔다. 이카로스는 태양 가까이 다가가다 밀랍이 녹아내려 결국 날개를 잃고 바다에 떨어져 죽음을 맞이하고 만다.

이카로스 날개의 신화에는 인간의 보편적인 욕망이 담겨 있다. 바로 성공적인 삶을 살기 위해 높이 날아오르려는 욕망이다. 또한 낮지도 높지도 않게 절제하며 안전하고 안정을 추구하려는 욕망도 숨겨져 있다. 중용(中庸)의 미덕을 지키며 산다는 것이 말처럼 쉽지 않다는 것을 상징적으로 보여주기도 한다.

수많은 상징이 담겨 있는 한 편의 이야기를 통해 나름대로의 해석과 의미를 읽어내려는 적극적인 사고가 중요하다. 허황되어 보이는 이야기에서 사람답게 살아가는 것이 무엇인지를 찾으려면 신화를 접하는 마음 자세가 달라져야 한다. 왜냐하면 신화는 인간이 의도적으로 만들어낸 이야기이므로 반드시 인간의 생각과 의도가 숨겨져 있기 때문이다. 적극적인 자세가 인간이 추구하고자 한 궁극적인 삶의 자세와 모습, 욕망까지 발견하도록 돕는다.

어떤 사람들은 이카로스의 행위를 통해 그의 도전정신을 찬양한다. 위험을 무릅쓰고서라도 자신이 생각하는 삶의 목표를 향해 날아오르려는 정신에 높은 점수를 준 것이다. 비록 목숨을 잃는 아픔을 당하지만, 사람들은 그의 모습에서 숭고한 모험정신과 개척정신을 이야기한다. 청소년들과 청년들에게 이카로스와 같은 삶의 정신을 본받으라고 말하는 이유가 여기에 있다.

이카로스처럼 도전하는 삶에서는 인간이 인간답게 살아가는 태도와 방법을 찾을 수 있다. 이카로스의 도전으로 사람들은 하늘을 날겠다는 꿈을 가지게 되었고, 결국 인간은 하늘을 날아오르게 되었다. 그 과정에서 수많은 사람이 실패하고 좌절을 맛보았다. 그래도 다시 도전하는 사람에 의해서 새로운 삶의 길이 열렸다. 때로는 목숨을 담보로 할 만큼 위험한 경우도 생길 수 있다. 그렇더라도 자신이 원하는 삶의 목표에 도전하고 시도하며 나아갈 필요가 있다. 세상의 변화와 진보는 이런 도전정신에서 비롯되었다. 시도하고 도전할 때 자기다운 삶을 발견하기도 한다. 그 과정에서 인내와 도전, 좌절을 견디고 나아가는 정신도 향상시킬 수 있고, 더불어 바람직한 인성도 배우게 된다.

이카로스의 이야기를 통해 중도를 지키며 안정적인 삶을 추구할지, 높게 날아오르며 실패할지라도 도전하며 나아갈지는 여러분 자신의 몫이다. 어느 것이 옳은 삶이라고 말할 수 없지

제3장 역사, 지나온 삶에서 사람다움의 답을 찾다

만 어떤 선택을 하든 그 안에서 사람답게 살아가는 것이 무엇인지에 대한 의미와 상징을 발견하며 나아가야 한다.

판도라의 상자로 전해지는 신화가 있다. 그 신화는 이렇다. 인간에게 불을 주었다는 이유로 프로메테우스는 제우스에게 벌을 받게 된다. 그는 카소스 산 암벽에 쇠사슬로 묶여 독수리에게 간을 쪼이는 벌을 받는다. 제우스는 프로메테우스에게 가혹한 형벌을 내리고도 화가 풀리지 않아 인류 최초의 여자 판도라를 만들어 인간에게 보낸다. 그러면서 상자를 하나 선물한다. 상자 안에는 신들의 호의가 담겨 있는데 절대 열어보아서는 안 된다고 했다.

판도라는 선물을 들고 프로메테우스의 동생 에피메테우스에게로 간다. 아름다운 판도라를 본 에피메테우스는 첫눈에 반해 결혼을 생각한다. 형인 프로메테우스가 제우스가 내린 벌을 받으러 가면서 제우스가 준 선물은 절대 받지 말라고 한 이야기는 까맣게 잊어버리고 만 것이다. 에피메테우스 이름의 뜻이 '나중에 생각하는 자'란 의미여서 그런지 몰라도 형의 충고는 잊은 채 그녀와 결혼을 한다.

결혼생활을 이어가던 판도라의 머릿속에는 자꾸 제우스가 준 상자가 생각났다. 호기심을 견디지 못한 판도라는 그만 상자의 뚜껑을 열고 만다. 그 순간 미움, 고통, 질투, 질병, 공포

등 온갖 나쁜 것들이 쏟아져나온다. 깜짝 놀란 판도라가 급하게 상자 문을 닫았지만 때는 이미 늦었다. 그때부터 인간에게 질병과 불행들이 시작되었다고 한다. 하지만 다행인 것은 그 안에 희망이 남아 있었다는 것이다. 그래서 인간은 질병과 불행 등으로 고통 속에 살아가지만 남아 있는 희망 때문에 살아갈 수 있다고 한다.

상자를 연 것은 판도라이다. 하지만 나중에 생각하며 사는 에피메테우스의 잘못된 선택으로 상자가 열린 것이라고 볼 수도 있다. 나중에 생각하며 살면 이렇듯 삶에 불행을 가져올 수 있다. 한번 겪은 잘못된 일을 다시는 반복하지 않겠다고 다짐하고서도 눈앞에 펼쳐진 유혹에 쉽게 넘어가기도 한다. 아무런 생각 없이 말하고 행동하면 후회의 삶을 살게 된다는 것을 상징적으로 보여준다. 판도라의 상자 이야기가 전하는 메시지는 열어서는 안 될 것, 알아서 더 후회하는 것을 상징하고 있다.

프로메테우스는 먼저 보는 사람, 생각하는 사람이라는 의미를 가졌다. 그는 이름의 뜻대로 인간을 위해 불을 훔쳐내는 일을 한다. 자신이 속한 공동체의 이익을 위해 자신을 희생하는 사람을 상징한다. 하지만 자신은 커다란 고통 속에서 살아간다. 자신은 비록 희생당하지만 후손이나 이웃을 위한 고귀한 선택을 한다. 그런 선택을 하기까지 얼마나 많은 생각을 했을

지 짐작이 간다. 지금 이 순간에도 프로메테우스 같은 사람들에 의해 세상은 조금씩 좋은 곳으로 변해가고 있다. 그런 삶의 목표를 가진 사람들이 세상 곳곳에 사랑과 희망을 전한다. 이런 사람이 많아질수록 우리가 사는 곳은 아직 살 만한 세상이 된다.

판도라 상자의 신화를 통해 내 삶에서 열어서는 안 될 상자는 무엇일지 생각해볼 필요가 있다. 프로메테우스와 동생 에피메테우스의 삶을 통해 나는 어떤 삶을 살아야 할지, 그에 따른 삶의 결과는 어떠할지 생각해보는 것도 의미가 있다. 어떤 선택을 하든 자유이다. 하지만 그에 따른 삶의 결과에 대한 책임도 자신이 져야 한다. 신화에서 전하는 상징적인 메시지를 통해 내 삶의 방향성을 점검하고 나아갈 길을 열어가는 데 유용하게 활용하는 의미로서의 접근이 필요하다.

지나온 삶에서
사람다움의 길을 찾다
-《사기》

미래를 여는 열쇠는 오늘의 삶에 달려 있다. 오늘의 삶을 있게 한 것은 어제의 삶이다. 어제의 삶의 결과가 오늘로 이어지고 또다시 내일로 이어지게 된다. 그러기에 오늘과 내일의 삶에 희망을 가져오려면 과거의 삶에 대한 조명이 필요하다.

그런데 여기서 한 가지를 점검해볼 필요가 있다. 어떤 관점으로 역사를 바라보느냐의 문제이다. 역사는 역사를 기술하는 사람에 의해 달라진다. 똑같은 상황을 보고도 역사를 기록하는 사람에 의해 매우 다른 역사가 탄생한다. 사람은 자신에게 유리한 대로 역사를 바라보고 해석하려는 본성이 있기 때문이다. 과거를 제대로 바라보고 분석할 수 있어야 잘잘못을 따져

내 삶에 적용시킬 수 있다. 왜곡된 잣대로 역사를 바라본다면 올바르게 오늘의 삶을 그려내기 힘들다. 그런 점에서 사마천의 《사기(史記)》는 의미가 있다고 생각한다. 사마천의 삶이 그것을 증명한다.

사마천은 사관장의 아들로 태어났다. 그는 아버지의 유업을 받들어 역사를 정리하고 편찬하는 작업을 했다. 그러다 올곧은 성품 때문에 가족이 모두 죽고 자신도 사형선고를 받게 되는 비극을 맞게 된다. 사마천이 사형을 선고받은 이유는 황제의 뜻을 거슬렀기 때문이다. 이릉이라는 장수가 5,000명의 군사로 10만 흉노족과 싸우고 있을 때였다. 적은 숫자임에도 그는 용맹하게 적과 싸우며 열흘을 잘 버텨냈다. 지원군이 있었더라면 얼마든지 승리할 수 있는 싸움이었다. 하지만 끝내 지원군은 도착하지 않았다. 이릉은 어쩔 수 없이 적에게 항복하고 포로가 되고 만다. 황제는 적을 무찌르지 못하고 항복한 죄를 물어 이릉의 가족을 모두 참형하라고 한다. 아무도 이릉을 변호하지 않을 때 사마천이 나선다. 그는 이릉이 최선을 다해 싸웠고 만약 지원군이 도착했다면 얼마든지 승리할 수 있었을 거라고 말한다. 황제는 지원군을 보내지 못한 자신의 허물은 보지 못하고 이릉을 변호했다는 이유로 사마천을 옥에 가둔다. 얼마 후 흉노족이 침공했다는 유언비어가 돌자 사마천의 가족은 몰

살당하고 사마천은 사형을 받는다.

사마천은 사형 대신 궁형을 선택하며 역사를 기록하겠다는 의지를 불태운다. 궁형은 남자의 성기를 자르는 치욕적인 벌이다. 그래서인지 사마천은 권력자의 세계만이 아니라 억압당한 사람의 이야기도 자세히 실었다. 인간이 가지고 있는 삶의 모습을 평범한 사람들의 입장에서 있는 그대로 서술했다. 우리가 살아가면서 만나는 수많은 사람의 모습을 왜곡되지 않게 실어놓아 더 의미 있게 다가온다. 구체적이면서 현실적으로 역사를 기술해 놓아 미래에 대해 고민하는 청소년 입장에서 읽는다면 인간의 군상에 대해 알 수 있는 좋은 교재가 될 것이다.

시쳇말로 《삼국지》를 열 번 이상 읽지 않는 사람과는 대화도 하지 말라는 이야기가 있다. 《삼국지》에 나온 인간들이 우리가 살아가면서 만나는 삶을 대변하기에 그런 말이 나온 것이다. 하지만

■ **사마천(司馬遷, 기원전 145 추정~기원전 86 추정)**

전한시대의 역사가. 중국 최고의 역사서로 꼽히는 역사책 《사기》를 완성했다. 《사기》는 본기(本紀) 12권, 연표(年表) 10권, 서(書) 8권, 세가(世家) 30권, 열전(列傳) 70권으로 총 130권 52만 6,500자로 이루어져 있다. 사마천은 《사기》가 완성된 2년 후에 사망하였다.

어떤 역사학자는 《삼국지》를 백 번 읽는 것보다 《사기》를 한 번 읽는 것이 훨씬 효과적이라고 말한다. 그만큼 《사기》가 주는 효과가 탁월하다는 말이다. 《사기》는 사마천의 삶에서 보듯이 불의와 정의, 옳고 그름을 올바르게 전하고 있기에 삶의 태도와 인간관계, 처세의 방법, 인생의 의미까지 배울 수 있는 책이다. 철학적인 물음에서부터 어떤 문학서적보다도 뛰어난 감동과 재미를 선물한다. 그래서 《사기》를 한번쯤은 읽어봐야 할 책이라고 강조한다.

청소년들이 읽기에는 《사기》의 〈열전〉이 좋다. 역사적 사건에 대한 흐름보다는 인물들의 이야기를 통해 배울 점이 많기 때문이다. 〈열전〉은 익숙한 내용이 많고, 이야기 형식으로 풀어놓아 읽기도 좋다. 고사성어에 등장하는 이야기도 많이 나온다. 특히 황제가 아니라 그를 보좌한 인물들의 이야기를 자세히 실어놓아 의미가 있다. 범접하기 힘든 인물이 아니라 청소년들이 얼마든지 꿈꿀 수 있는 인물들의 삶이 펼쳐지기에 삶의 교훈을 얻는 데 도움이 된다. 그들의 인생관과 가치관을 보면 나라를 위해, 개인의 꿈을 위해 어떻게 생각하고 행동했는지 알 수 있다. 그들의 삶의 태도가 후대 사람들에게 어떻게 평가되고 있는지도 나타나 있다. 자연스레 자신의 삶과 견주어 어떻게 생각하고 행동해야 하는지 반면교사로 삼기에 좋다. 또한 인간을 평가하는 기준을 명확히 내세우며 글을 전개했다. 그가 인간을 평가하는 기준을 배우고 익힌다면 사람답게 살아가는 태도도 배울 수 있다. 사마천이 인간을 평가하는 방법의 기준은 이렇다.

- 불우했을 때 그가 어떤 사람과 친하게 지냈는가?
- 부유했을 때 그가 누구에게 나누어 주었는가?
- 높은 지위에 있을 때 어떤 사람을 등용했는가?
- 궁지에 몰렸을 때 올바르지 못한 짓을 하지 않았는가?
- 가난했을 때 탐욕을 부리지 않았는가?

위와 같은 사항은 사람답게 살아가는 데 있어서 매우 중요한 덕목이다. 이를 통해 한 사람의 삶을 온전히 들여다볼 수 있다. 먹고사는 문제 앞에서 도덕적인 삶의 태도를 취하며 산다는 것은 쉽지 않은 일이다. 인간의 본성을 알 수 있는 소중한 질문을 청소년들도 삶 속에서 던지며 산다면 올바른 삶의 태도를 간직할 수 있을 것이다.

〈열전〉에 나오는 오기라는 사람의 이야기를 살펴보자. 오기는 장군이었다. 하지만 장군으로서 누려야 할 것들을 누리지 않았다. 병사들과 함께 줄을 서서 밥을 먹고 병사들과 같이 일했다. 수레도 타지 않았고, 잠을 잘 때도 병사들처럼 자리를 깔지 않았다. 소지품도 일반 병졸들처럼 자신이 직접 들고 다녔다. 이런 모습을 본 병사들은 오기를 존경하고 사기가 하늘을 찔렀다. 한번은 병사 중에 등에 종기가 난 것을 보고 오기는 직접 입으로 고름을 빨아내 치료했다. 사람들은 오기의 행동에 감동했다. 하지만 그 소식을 들은 병사의 어머니는 땅을 치며 통곡했다. 이에 어떤 사람이 어머니에게 왜 우느냐고 물었다. 그러자 어머니는 이렇게 대답했다.

"지난해에 오장군께서 남편 고름을 빨아주었습니다. 그러자 남편은 은혜에 보답하기 위해 목숨을 걸고 싸우다가 전사하고 말았습니다. 이제 아이도 종기 고름을 빨아준 장군께 보답하고자 목숨을 걸고 싸울 것인데 분명 살아서 돌아오기가 힘들 것 아니오. 그래서 우는 것입니다."

사실 오기는 자신이 섬기는 왕에게 잘 보이기 위해 일부러 병사들과 함께 행동했다. 또한 오기는 자신이 위협을 받을 때마다 여러 나라를 옮겨 다녔다. 임금에게 덕으로 나라를 다스려야 한다는 조언까지 한다. 그러나 정작 자신이 재상이 되었을 때는 덕을 바탕으로 정치를 펼치지 못했다. 나라를 위한다는 목적이었지만 많은 사람에게 상처를 입혔다. 그로 인해 자신도 목숨을 잃고 만다. 덕으로 정치를 해야 한다고 말했지만, 자신의 삶에서는 그것을 실천하지 않아 비극적인 운명을 맞이한다.

사마천은 겉으로 드러난 모습뿐만 아니라 전후 사정까지 자세히 기록해 두었다. 그것을 읽노라면 삶 속에서 어떤 자세로 살아가야 할지가 보인다. 당시 사람들의 삶의 모습과 우리가 처한 삶의 모습이 크게 다르지 않기 때문이다. 인생의 갈림길에서 어떤 선택이 올바른지에 대한 메시지도 전달해준다. 그래서 《사기》를 제대로 읽으면 인생의 수많은 선택과 갈림길에서 현명한 선택을 하는 데 큰 도움이 된다. 사람답게 살아가는 방법과 지혜도 함께 터득할 수 있다.

역사 서적을 읽을 때
염두에 두어야
할 것들

사람은 변화에 둔하다. 자신의 잘못이 보이면 재빨리 잘못된 점을 바로잡고 올바른 길을 찾아 나서면 되는데 그것이 어렵다. 작심삼일이라는 말이 괜히 나온 것이 아니란 것을 매일의 삶에서 깨닫게 된다. 굳은 다짐을 해도 3일을 넘기지 못하고 다시 돌아가고 싶지 않은 상태로 돌아가버린다. 누군가의 조언이나 꾸중, 강요는 정말 작심삼일로 끝난다. 그럼에도 많은 사람은 자신의 삶을 좋은 쪽으로 변화시키고 발전시켜 나간다. 삶에 승리하며 사람답게 살아간다. 그들은 어떻게 작심삼일로 끝나지 않고 삶을 변화시킬 수 있었을까?

정답은 아니지만 스스로 변화의 필요성을 깨달았기 때문이라고 생각한다. 사람은 스스로 변화의 필요성을 간절하게 느끼지 않으면 변화하기 힘든 존재이다. 변화의 필요성은 과거의 삶을 통해 알 수 있다. 자신의 삶이 될 수도 있고, 과거 누군가의 삶을 통해 현재 삶을 수정해야 함을 발견하는 것이다. 그래서 역사가 중요하다. 역사를 어떻게 인식하고 바라보고 분석하느냐에 따라 현재의 삶이 달라질 수 있기 때문이다.

그런데 여기서 한 가지 중요한 점이 있다. 역사를 어떤 관점으로 바라보고 해석하느냐의 차이이다. 역사적 사실을 있는 그대로 이야기하는 경우는 드물기에 그렇다. 예를 들어 세월호 사건이 터진 것을 보고 보수적인 언론의 〈조선일보〉와 진보적인 성향의 〈한겨레신문〉이 전하는 기사는 매우 다르다. 그들은 자신들이 추구하는 가치와 목적에 따라 사건을 해석한다. 자신들이 주목하는 관점에서 기사를 다루기 때문에 다른 방향의 기사를 생산한다. 그런 기사를 보고 청소년이 사건의 진상을 온전히 파악하기는 힘들다. 그래서 신문을 볼 때 가치관이 다른 두 개의 신문을 동시에 읽으며 비교해보라고 말한다. 그렇지 않으면 사건을 올바르게 바라보지 못하고 왜곡된 가치관과 세상을 바라보는 기준이 형성될 수 있기 때문이다. 특히 청소년기는 세계관과 가치관이 형성되는 시기여서 이런 점은 더욱 중요하다.

역사가들이 역사를 기록하는 방식도 언론인들이 사건을 다루는 것과 다르지 않다. 자신이 처한 상황과 가치대로 역사를 해석하고 기록한다. 예를 들어 임진년에 일어난 일본과의 전쟁을 우리는 '임진왜란'이라고 부른다. '임진년에 왜놈들이 일으킨 난리'라는 말인데 이 말속에는 난리의 원인이 왜놈들에게 있다는 뜻이 숨겨져 있다. 우리는 아무런 잘못도 없는데 왜놈들이 쳐들어와 우리를 못살게 굴었다는 것이다. 이런 역사를 학교에서 배우면 모든 탓을 일본에게 돌리게 된다. 당연히 전쟁을 일으킨 장본인은 일본이다. 그러나 전쟁이 일어날 수밖에 없는 상황이 되도록 방관하고 준비하지 않은 우리의 잘못도 크다. 예컨대 율곡 이이의 십만양병설을 흘려듣고 준비하지 않은 것을 들 수 있다. 역사에서 만약이란 존재하지 않지만 우리가 제대로 방비했더라면 참혹한 전쟁을 피할 수 있었다. 역사가들은 그런 부끄러운 역사를 감추기 위해 해석을 달리해 기술한 것이다.

1636년에 일어난 병자호란도 마찬가지이다. '병자년에 오랑캐가 일으킨 난리'라는 의미이다. 이것도 책임회피의 의도가 숨겨져 있다. 하지만 당시 정치를 조금만 잘 했더라도 얼마든지 피할 수 있는 전쟁이었다는 것은 역사를 배우면서 알았을 것이다. 이런 아쉬움은 현대사에서도 찾아볼 수 있다. 우리와 아무런 관계도 없는 베트남에 군대를 파견한 것을 들 수 있다. 베트남은 우리의 적이 아니지만 정치적인 이유로 군대를 파견해 그들에게 잊을 수 없는 아픔을 주었다. 하지만 우리는 그 사실을 있는 그대로 바라보고 해석하기보다 우리에게 유리한 쪽으로 기술해 놓았다. 그래서 역사는 승리자의 기록이라고 말하기도 한다. 대부분의 역사가 승리한 사람들의 입장에서 서술되었고, 그런 책들이 후대에 전해지고 있기 때문이다.

그래서 사람답게 살아가는 관점에서 역사를 공부할 때는 조심스럽게 접근할 필요가 있다. 역사를 바라볼 때 아무런 의심 없이 받아들이지 말아야 한다는 것이다. 아무런 의심 없이 역사책에 기록된 대로 믿어버리면 반 쪽짜리 공부에 불과하다. 진짜 공부를 하려면 역사를 기술한 사람이 누구이며, 그 사람은 평소 어떤 가치관과 세계관을 가지고 살았는지를 보아야 한다. 친일파가 쓴 역사책이라면 당연히 일본을 찬양하는 쪽으로 쓸 것이 분명하다. 그래서 역사에 대한 올바른 인식을 하기 위해서는 스스로 질문하며 읽을 필요가 있다.

- 왜 그런 일이 일어났는가?
- 그런 일이 일어날 수밖에 없는 상황은 어디서부터 비롯되었는가?

제3장   역사, 지나온 삶에서 사람다움의 답을 찾다

- 어떤 일이 일어났을 때 그것에 어떻게 대처하고 해결해 나갔는가?
- 나는 그 역사적 사실을 통해 무엇을 배워야 하는가?

위와 같은 질문을 하면서 사람답게 살아가는 것은 무엇인지, 그럼 나는 어떻게 살아가야 하는지를 발견하도록 힘써야 한다.

역사적 사건들이 일어난 원인과 결과 중심으로 읽는 것도 도움이 된다. 이런 방법으로 역사를 접근하다 보면 그 일로 인해 일어날 결과까지 바라볼 수 있는 능력이 생긴다. 역사가 반복된다고 했던 것처럼 사건의 원인과 결과에 대한 패턴까지 볼 수 있다. 이런 능력이 삶의 바탕에 형성되면 과거를 통해 현재를 읽고 대처할 수 있는 방법과 지혜까지 습득하게 된다. 그러면 자연스레 미래의 삶까지 내다보고 준비할 수 있다.

인물 중심으로 읽는 것도 사람답게 살아가는 방법을 터득할 수 있는 방법이다. 역사책에 기록된 모든 인물을 다 살필 필요는 없다. 자신이 관심 있는 인물을 집중 탐구하면 된다. 역사책에 기록되어 있는 인물이라면 누구라도 배울 점과 배우지 말아야 할 점을 발견할 수 있다. 삶의 교훈을 줄 만한 것들이 무엇인지 찾겠다는 의도의 접근이면 좋다. 그들의 삶에서 본받을 점을 찾아 단 한 가지라도 삶에 실천해보는 것이다. 본받지 말아야 할 점이 보인다면 내 삶에 비춰보며 반면교사로 삼으면 된다. 한 가지라도 고치겠다는 의지를 보이며 실천하면 매우 바람직한 일이다.

역사 서적을 통해 지식을 쌓아 자기 꿈을 이루어가는 데 밑거름으로 삼는 것은 좋은 일이다. 하지만 그보다 더 의미 있는 것은 사람답게 살아가겠다는 의지로서의 접근이다. 사람답게 살아가는 삶이 어떤 뛰어난 지식보다 힘이 있는 법이다. 사람으로서 마땅히 지켜야 할 도리를 실천하며 사는 삶이 진짜 성공한 삶이기 때문이다.

삶을 이끌어줄
진정한 영웅을
만나라

""

사람은 살아가면서 누군가를 닮아간다. 자신이 좋아하는 사람이면 더 많이 닮으려고 노력한다. 특히 자기 인생에 영웅이 되었던 사람이라면 더욱 그렇다. 그들의 말투와 제스처, 삶까지 닮으려고 노력한다. 그래서 어떤 사람을 자기 인생의 영웅으로 삼느냐가 중요하다.

자기 인생의 영웅을 다른 말로 표현하면 역할 모델이라고도 말할 수 있다. 자기 삶의 모델로 삼을 만한 인물을 말한다. 역할 모델은 그의 삶을 본받고, 그가 걸었던 발자취를 따라 걷고 싶을 만큼 마음속으로 존경하는 인물이다. 그런 마음속 영웅이 있다면 의외로 사람답게 살아가는 길을 쉽게 발견할 수 있다.

마음속 영웅처럼 생각하고 행동하며 살아가면 되기 때문이다.

그런데 중요한 것은 어떤 사람을 마음속 영웅으로 삼을 것인가이다. 아무나 마음속 영웅으로 삼아서는 안 된다. 자기 마음에 품고 있는 인물의 인생처럼 자기 인생도 그렇게 흘러가기 때문이다. 이런 교훈은 인문학을 중점적으로 교육시켜 삼류대학에서 명문대로 탈바꿈한 시카고 대학에서 배울 수 있다.

시카고 대학은 이른바 삼류대학이었다. 명문대학을 진학하고 더 이상 갈 곳이 없는 학생들이 선택한 학교였다. 졸업생들도 사회에서 영향력을 끼치지 못했다. 그때 시카고 대학을 명문대학으로 탈바꿈시킨 획기적인 아이디어를 5대 총장으로 취임한 로버트 허친스가 내놓는다. 일명 '시카고 플랜'이다. 시카고 플랜은 인문고전 100권을 달달 외울 정도로 읽어야 졸업을 시키는 정책이었다. 조건도 붙였다. 반드시 인문고전 100권을 읽고 다음과 같은 세 가지를 습득해야 했다.

- 첫째, 역할 모델을 발견할 것.
- 둘째, 인생의 모토가 될 수 있는 영원불변한 가치를 발견할 것.
- 셋째, 발견한 가치에 따라 꿈과 비전을 품을 것.

학생들은 책을 읽으면서 위의 세 가지를 염두에 두고 읽어야 했다. 이 말은 어떤 한 사람을 자기 삶의 영웅으로 삼아 그 사람처럼 되기 위해 필요한 덕목을 배우라는 의미이다. 그가 어떤 가치를 바탕으로 성공적인 인생을 살았으며, 그 사람처럼 되기 위해서는 어떤 삶의 과정을 거쳐야 하는지를 살펴야 했다. 그러면 학생들의 삶도 마음속 영웅처럼 훌륭한 삶을 살게 될 것이라고 로버트 허친스 총장은 생각한 것이다.

인문고전 100권을 읽고 졸업한 학생들이 사회에 진출한 후 시카고 대학의 명성은 달라졌다. 졸업생 중 많은 사람이 인류의 삶에 선한 영향력을 끼쳤기 때문이다. 2000년까지 시카고 대학 졸업생이 받은 노벨상은 무려 68개였다. 하버드나 예일대보다 많은 수였다. 그만큼 인문고전 읽기의 영향력은 컸다.

요즘 학생들의 마음속 영웅은 누구일지 궁금하다. 많은 청소년이 연예인을 마음속에 품고 있는 것 같아서 걱정스럽다. 연예인이 나쁘다는 것은 아니지만 역사적으로 증명이 되지 않았기에 염려하는 것뿐이다. TV 브라운관에 비춰진 모습만으로 그 인물을 영웅으로 삼는 것은 위험하다. TV에 보이는 것뿐만 아니라 삶에서도 모범을 보이고, 특히 주변사람이나 가족에게 인정받는 인물이어야 한다. 그런 사람이라면 마음속 영웅으로 삼아도 괜찮다.

청소년기 마음속 영웅은 역사적으로 검증된 인물이어야 한다. 업적뿐만 아니라 인격이나 삶의 태도까지 모범이 되는 사람이어야 한다.

만약 두 가지를 동시에 충족할 만한 인물을 찾기 힘들다면 자기 삶에 충실한 사람이면 괜찮다. 자기에게 맡겨진 임무를 성실히 수행하는 사람이면 좋다. 위험하거나 힘들다고 맡겨진 일을 회피하는 것이 아니라 당당히 받아들이고 최선을 다하는 사람이면 된다. 누군가의 삶을 힘들게 하는 것이 아니라 함께 하기 위해 노력하는 면이 있는 사람도 좋다. 그런 사람을 찾아 자기 삶의 영웅으로 삼는다면, 청소년의 미래는 밝을 것이다. 그런 사람이 이 시대의 진정한 영웅이다. 외적으로 드러난 어떤 업적보다 사람답게 살아가는 사람, 사람으로서 마땅히 행해야 할 일들을 삶 속에서 실천한 사람, 이런 사람이면 된다.

제3장 역사, 지나온 삶에서 사람다움의 답을 찾다

제4장

문학,
감성의 부활이
사람다움의 길을 걷게 한다

청소년을 위한
인성인문학

감성의 부활이
사람다움의 길을
걷게 한다

"우리가 읽는 책이 우리 머리를 주먹으로 한 대 쳐서 우리를 잠에서 깨우지 않는다면, 도대체 왜 우리가 그 책을 읽는 거지? 책이란 무릇, 우리 안에 있는 꽁꽁 얼어버린 바다를 깨뜨려버리는 도끼가 아니면 안 되는 거야."

프란츠 카프카가 《변신》의 머리말에 쓴 글이다. 카프카는 책은 우리 안에 잠들어 있는 그 무엇을 깨뜨리는 도구가 되어야 한다고 말했다. 섬뜩하게도 도끼로 그것을 깨뜨려야 한다고 했다. 그만큼 우리 안에 있는 것을 깨뜨리기가 어렵다는 메시지일 것이다. 얼어 있는 곳이 바다이기 때문이다. 바다는 쉽게 얼지 않는다.

우리 안에 깊이 잠들어 있는 것은 무엇일까? 그것은 바로 감성이라고 할 수 있다. 감성은 어떤 자극에 대하여 느낌이 일어나는 반응이다. 슬픈 장면을 보면 눈물을 흘리고, 기쁜 모습을 보면 미소를 지을 수 있는 것이다. 누군가 악의 무리에 괴롭힘을 당하면 정의를 불태우며 주먹을 불끈 쥐게 되고, 도움이 필요한 사람을 볼 때 손을 내밀어 주려는 마음이다. 집단 따돌림을 당하는 이야기를 읽을 때면 도움을 줘야 한다고 생각하고 주변을 한번 살펴보는 것도 감성적인 마음에서 나타날 수 있는 반응이다.

그런데 언제부터인가 우리 안에 있는 그런 감성이 꽁꽁 얼어버렸다. 누군가 주변에서 도움을 청하며 아우성을 쳐도 못 본 척 외면하는 것이 사실이다. 그래서 사람답게 살아가려면 문학작품을 통해 자기 내면에 꽁꽁 얼어버린 감성을 깨는 경험이 필요하다.

감성은 사실 문학작품보다는 일상생활에서 회복되어야 한다. 자연이 빚어낸 아름다움에 감탄하고 반응하며 살아야 감성적인 삶을 살아갈 수 있다. 친구들과 함께 어울리고 몸을 부딪치며 활동할 때 감성이 살아난다. 아름다운 선율에 조용히 귀를 기울이고 미술작품을 감상하면서 그 의미를 공감하려고 할 때 감성적인 마음이 돋아난다.

그러나 그런 시간이 우리에게 허락되지 않는다. 자연을 벗

삼아 유유자적하기에는 너무 경쟁이 치열한 사회에 살고 있기 때문이다. 잠시라도 한눈팔면 뒤처진다고 생각하니 마음이 조급하다. 명문대와 대기업, 안정적인 직업을 향해 달리다보니 정작 자신의 삶을 진지하게 고민해볼 여유가 없어졌다.

개인화되고 있는 사회적인 문화와 시스템도 감성을 얼어붙게 하고 있다. 사람들과의 관계 속에서 살기보다 혼자만의 공간에서 살아간다. 함께 부딪치며 관계를 맺어가기보다 기계와 더 친숙하다. 대화도 SNS로 나눈다. 소통과 놀이가 사이버상에서 이루어진다. 거의 모든 놀이를 스마트 폰이나 컴퓨터로 해결한다. 그러다 보니 감성이 살아 움직이지 못하고 얼어붙어버린 것이다.

꽁꽁 얼어붙어버린 감성을 깨우려면 문학작품을 읽어야 한다. 문학은 상상력의 보고이기 때문이다. 역사가 사실을 기록한 것이라면, 문학은 일어날 가능성이 많거나 그럴듯한 것들을 상상해 적은 글이다. 우리가 경험해보고 싶은 일들이 작가의 상상력을 통해 새롭게 탄생된다. 아름다운 자연, 사람과 부딪치며 살아가는 삶의 이야기, 아름다운 선율이나 미술작품들도 글 속에서 만날 수 있다. 자연을 벗 삼아 한가로이 여행을 다닐 수도 있다. 다양한 인물의 삶의 모습을 만날 수 있어 그들을 이해하는 데 도움이 된다. 어려운 일들을 헤쳐나가는 모습에서는 용기도 얻는다. 나도 그들처럼 노력하면 할 수 있다는 자신감을 갖게 된다. 작품 속에서 재미와 감동을 느끼며 숨겨져 있던 새로운 감정들이 돋아나는 것이다.

　문학작품 속에 숨겨져 있는 것들을 발견하려면 많이 읽는 것도, 너무 빨리 읽는 것도 답이 아니다. 천천히 읽더라도, 또는 한 작품을 읽어도 그 작품이 자기 감성을 깨뜨리는 도끼의 역할을 하면 충분하다. 그래야 문학작품에서 감성을 회복할 수 있다. 문학이 가지는 목적 중 하나가 느끼는 것이기 때문이다. 마음으로 느껴야 눈물도 흘릴 수 있고, 감동할 수도 웃을 수도 있다. 마음에 느낌이 전달되지 않는 읽기는 감성 회복을 힘들게 한다.

　감성은 이야기를 통해 살아난다. 그런데 요즘 청소년에게는 이야기가 사라졌다. 이야기를 소비하는 주체가 되었을 뿐이다. 과자 하나를 팔아도 그 과자에 이야기를 담는다. 스마트 폰에도 이야기를 덧입혀 광고를 하니 청소년들은 그 광고를 통해 구매를 결정한다. 이야기 속의 주인공처럼 될 수 있다는 생각에서이다. 자기 삶에 스토리가 없으니 삶이 무의미하게 느껴진다. 마음으로 인생을 느끼지 못하는 것이다.

　부모님 세대는 거의 대부분 할아버지 할머니께 옛날이야기를 들으며 자랐다. 호랑이가 제일 무서워하는 것은 곶감이라는 이야기에서부터 수많은 이야기를 들었다. 할아버지 할머니께 듣는 이야기들은 어린 시절 상상의 나래를 펴게 했다. 그런 이야기가 세상을 향한 그리움과 기대를 불러일으켰고, 인간으로서 마땅히 갖추며 살아가야 할 것들을 배우는 통로가 되었다. 그러면서 인생의 가치관이 생겼다. 어떻게 살아가는 삶이 바람직한 것인지를 할아버지 할머니께서 전해주시는 이야기에서 자연스레 배운 것이다. 감성적인 생각도 그때 길러졌다.

하지만 우리 청소년들의 현실은 아직도 차가운 바다이다. 이야기에 오롯이 자신의 감성을 느끼지 못한다. 시험에서 좋은 점수를 위해서는 소설을 마음으로 느끼면 안 된다는 것을 안다. 답을 찾아 외우는 형식에 이미 길들여져 있다. 그러니 매주 수업시간에 만난 소중한 문학작품에서 감정을 느끼지 못하는 것이다.

그러나 오늘의 삶에서 느끼지 못하면 살아 있다고 말할 수 없다. 느끼는 사람이 자기 삶에 대해 의미를 부여하고 내일의 삶도 꿈꿀 수 있다. 내일의 삶에 희망을 느끼는 사람은 오늘을 허투루 살지 않는다. 사람답게 살아가는 법을 발견하고, 그 길을 걸어가도록 오늘의 삶에 열정을 쏟아붓는다. 그래서 감성의 부활이 필요하다. 문학작품을 통한 감성의 부활이 사람다운 삶을 살아가도록 한다.

차갑게 얼어붙은 마음의 감수성을 깨뜨리는 일을 시작하자. 그 일이 사람다운 길을 걷게 하는 시작점이 된다.

제4장 문학, 감성의 부활이 사람다움의 길을 걷게 한다

삶의 의미를
발견할 한 편의 시가
필요하다

감성의 부활을 이끄는 것 중 시만 한 것이 또 있을 까? 시는 삶을 유심히 관찰해 핵심적인 단어만으로 인생을 이 야기한다. 시는 매우 짧은 문장으로 이루어지지만 그 울림은 측정할 수 없을 정도로 길게 이어진다. 울림의 길이만큼 감동 의 물결도 크다. 그래서 쉽게 잊히지 않는다. 오래도록 마음에 남아 살아 숨 쉰다. 현대 한국문학의 거봉 고은 시인의 아주 짧 은 한 편의 시를 읽어보면 그 의미가 이해된다.

그 꽃

－고은

내려갈 때 보았네
올라갈 때 못 본
그 꽃

열다섯 글자에 불과한데 그 의미는 한없이 깊다. 아직 청소년기여서 이해가 안 될 수도 있지만 한번 이 시를 음미해보라. 사람들은 정상을 향해 내달린다. 자신이 세워놓은 목표를 향해 오늘도 삶에 대한 열정을 불태운다. 그러나 정작 중요한 것은 놓치며 산다. 인생을 어느 정도 살고 난 후, 자신의 목표를 이룬 후 삶을 되돌아보니 정말 중요한 것은 놓쳤다는 것을 깨닫는다. 사랑하는 가족이나 친구와 소중한 시간을 보내지 못한 것, 주변에 피어 있는 아름다운 꽃들을 바라보며 진정 아름다운 것이 무엇인지 발견하지 못한 것 등이다. 이외에도 놓치고 산 것들은 수없이 많을 것이다. 이것은 훗날 행복하기 위해 지금 행복한 시간을 버리는 것과 같다. 그런 인생의 소중한 의미를 단 열다섯 글자로 이야기했다. 이것이 시가 가진 위대한 힘이다.
　시의 중요성은 일찍이 공자도 강조했다. 시가 얼마나 중요한

지를 한마디로 말하며 제자들을 꾸짖는다.《논어》양화편에서 공자는 이렇게 말한다.

"얘들아, 왜 시를 공부하지 않느냐? 시를 배우면 감흥을 불러 일으킬 수 있고, 사물을 잘 볼 수 있으며, 사람들과 잘 어울릴 수 있고, 사리에 어긋나지 않게 원망할 수 있다. 가까이는 어버이를 섬기고, 멀리는 임금을 섬기며, 새와 짐승과 풀과 나무의 이름에 대해서도 많이 알게 된다."

시는 인생의 의미를 이야기한다. 조금만 시를 음미하면 세상을 어떻게 살아가야 할지, 어떤 마음자세가 필요한지, 사람이 얼마나 아름답고 사랑스러운 존재인지를 알게 된다. 시에는 인생이, 사랑이, 사람이 담겨 있다. 시가 인문학의 출발이라고 해도 과언이 아닐 정도다. 아리스토텔레스도 오래전 시의 위대함을 이렇게 이야기했다.

"역사가와 시인의 차이는 운문을 사용하느냐 산문을 사용하느냐가 아니다. 헤로도토스의 작품을 운문으로 고칠 수 있고, 운문으로 쓴 것도 산문으로 쓴 것만큼이나 역사가 될 수 있을 것이다. 그러나 둘은 다르다. 역사는 실제 사건들을 다루고, 시는 일어날 수 있는 일을 다룬다. 그러므로 시가 역사보다 철학적이고 고상한데, 시는 더 보편적인 것을 말하는 반면 역사는 특정한 것을 말하기 때문이다."

그는 《시학》에서 시의 좋은 점을 이야기한다. 그만큼 시는 역사도 깊고, 우리 삶을 변화시킬 수 있는 힘을 갖고 있다. 시의 위대함을 알 수 있는 시를 살펴보자. 독립운동을 하다 감옥에서 짧은 생을 마감한 윤동주 시인의 시이다. 그는 27세의 짧은 삶을 살았지만 삶을 성찰하는 깊이가 실로 놀랍다.

내 인생에 가을이 오면

― 윤동주

내 인생에 가을이 오면
나는 나에게 물어볼 이야기들이 있습니다.

내 인생에 가을이 오면
나는 나에게 사람들을 사랑했느냐고 물을 겁니다.
그때 가벼운 마음으로 말할 수 있도록 나는 지금 많은
사람들을 사랑하겠습니다.

내 인생에 가을이 오면
나는 나에게 열심히 살았느냐고 물을 것입니다.
그때 자신에게 말할 수 있도록 나는 지금 맞이하고 있

. . .

는 하루하루를 최선을 다하여 살겠습니다.

내 인생에 가을이 오면
나는 나에게 사람들에게 상처를 준 일이 없었느냐고
물을 겁니다.
그때 자신 있게 말할 수 있도록 사람들을 상처 주는
말과 행동을 말아야 하겠습니다.

내 인생에 가을이 오면
나는 나에게 삶이 아름다웠느냐고 물을 겁니다.
그때 기쁘게 대답할 수 있도록 내 삶의 날들을 기쁨으
로 아름답게 가꿔야겠습니다.

내 인생에 가을이 오면
나는 나에게 어떤 열매를 얼마만큼 맺었느냐고 물을
겁니다.
그때 나는 자랑스럽게 대답하기 위해, 지금 나는 내
마음 밭에 좋은 생각의 씨를 뿌려놓은 좋은 말과 좋은
행동의 열매를 부지런히 키워야 하겠습니다.

내 인생에 가을이 오면, 후회 없는 삶을 위하여….

　　윤동주 시인은 인생의 가을을 겪어본 사람처럼 이야기하고 있다. 인생을 어느 정도 산 사람들이 쏟아놓을 법한 내용이다. 그리고 자기 삶에 질문을 던질 줄 안다. 어떻게 살아가야 하는지도 명확하게 밝힌다. 좋은 열매를 맺기 위해 사람다운 삶의 길을 걸어가겠다고 스스로 다짐한다. 인문학이 추구하는 모든 것을 한 편의 시로 녹여냈다. 스스로 질문하면서 자신이 누구인지, 어떻게 삶을 살아가야 하는지, 인생의 마무리를 어떻게 해야 하는지를 말하고 있다. 아리스토텔레스가 말한 시가 가진 위대함을 알게 할 만큼 깊이 있는 시이다.

　　많은 청소년이 어려운 일을 당하면 힘들어한다. 때로는 자신만 어려운 삶을 살고 있다고 여기기도 한다. 그러다 극단적인 선택으로 이어져 아까운 생명을 버리는 경우도 있다. 이럴 때도 한 편의 시가 어려움을 극복하는 열쇠로 작용하기도 한다. 도종환 시인의 〈흔들리며 피는

■ **윤동주**(1917~1945)
시인. 인간의 삶과 조국의 현실을 고뇌하고 글로 저항하던 시인이었다. 대표작으로 〈하늘과 바람과 별과 시〉, 〈서시〉, 〈자화상〉, 〈또 다른 고향〉, 〈별 헤는 밤〉, 〈쉽게 쓰여진 시〉 등이 있다.

제4장　문학, 감성의 부활이 사람다움의 길을 걷게 한다

꽃)을 읽다 보면 이 세상 모든 것이 고난을 극복하며 살아가고
있음을 깨닫게 된다.

흔들리며 피는 꽃

−도종환

흔들리지 않고 피는 꽃이 어디 있으랴
이 세상 그 어떤 아름다운 꽃들도
다 흔들리면서 피었나니
흔들리면서 줄기를 곧게 세웠나니
흔들리지 않고 사는 사람이 어디 있으랴

젖지 않고 피는 꽃이 어디 있으랴
이 세상 그 어떤 빛나는 꽃들도
다 젖으며 젖으며 피었나니
바람과 비에 젖으며 꽃잎 따뜻하게 피웠나니
젖지 않고 가는 삶이 어디 있으랴

그렇다. 우리는 모두 흔들리며 젖으며 사는 것이다. 이런 삶
의 성찰을 짧은 시 한 편으로 얻게 된다. 그러니 어찌 시를 멀

리 할 수 있겠는가. 도종환 시인의 시 한 편을 더 나누고 싶다. 이 시를 읽으면 꿈을 향해 걸어가는 길을 쉽게 포기하지 않을 것이다. 아무리 높아 보이고 넘을 수 없는 벽도 언젠가는 돌파할 수 있다는 자신감을 심어주는 시이다.

담쟁이

— 도종환

저것은 벽
어쩔 수 없는 벽이라고 우리가 느낄 때
그때
담쟁이는 말없이 그 벽을 오른다
물 한 방울 없고 씨앗 한 톨 살아남을 수 없는
저것은 절망의 벽이라고 말할 때
담쟁이는 서두르지 않고 앞으로 나아간다
한 뼘이라도 꼭 여럿이 함께 손을 잡고 올라간다
푸르게 절망을 다 덮을 때까지
바로 그 절망을 잡고 놓지 않는다
저것은 넘을 수 없는 벽이라고 고개를 떨구고 있을 때
담쟁이 잎 하나는 담쟁이 잎 수천 개를 이끌고

결국 그 벽을 넘는다

　조금만 관심을 가지면 우리 주변에 좋은 시가 너무 많다는 것을 알 수 있다. 그 시들을 가까이 하는 노력이 필요하다. 많은 시를 외우면 좋겠지만 나의 마음속에 얼어붙은 감성을 깨뜨릴 수 있는 한 편의 시면 족하다. 그 한 편의 시가 사람다움의 길을 걸어갈 수 있는 북극성이 되어줄 것이다. 짧은 시 한 편에는 한 사람의 인생을 바꾸는 힘이 숨겨져 있다. 그 힘을 우리 청소년들이 쟁취하기를 바란다. 시가 인문학의 꽃이다.

　마지막으로 정호승의 〈고래를 위하여〉를 읽으며 여러분 인생에 소중한 꿈을 발견하기를 기대한다. 가슴을 울리는 꿈이 사람다움의 길을 걷게 하기 때문이다. 삶의 의미를 발견할 한 편의 시가 간절히 필요한 때이다.

　고래를 위하여

　　　　　　　　　　　　　　　　　　　　－ 정호승

　푸른 바다에 고래가 없으면
　푸른 바다가 아니지
　마음속에 푸른 바다의

고래 한 마리 키우지 않으면

청년이 아니지

푸른 바다가 고래를 위하여

푸르다는 걸 아직 모르는 사람은

아직 사랑을 모르지

고래도 가끔 수평선 위로 치솟아 올라

별을 바라본다

나도 가끔 내 마음속의 고래를 위하여

밤하늘 별들을 본다

. . .

제4장 문학, 감성의 부활이 사람다움의 길을 걷게 한다

인간의 숨겨진 본성을 만나다 -《이솝우화》

인간의 본성을 알기 쉽게 풀어낸 책을 꼽는다면 단연《이솝우화》일 것이다. 이솝은 인간의 삶을 동물에 빗대어 풀어냈다. 주인공이 동물일 뿐이지 하는 행동은 인간 삶의 모습 그대로이다. 동물들이 생각하고 행동한 모습을 보고 있노라면 우리 삶 속에서 펼쳐진 인간 삶의 모습이 보인다. 이 책은 인간의 본성은 물론 사람답게 살아가는 데 해답을 찾기에 적격이다. 내용도 짧고 간단해 알기 쉽다. 동물이 주인공인 까닭에 어른이나 아이들이나 모두 좋아한다. 삶의 교훈을 어렵사리 찾아낼 수도 있다. 왜냐하면 이솝이 살았던 시대가 삶의 지혜 없이는 하루도 버티기 어려운 시대였기 때문이다.

이솝은 기원전 6세기경 그리스에 살았던 사람으로 전해진다. 이솝의 일생에 대해서는 여러 설들이 있지만 어떻게 살고 죽었는지 확실하게 전해지는 바가 없다. 다만 그가 노예 출신으로 살았던 것은 확실한 듯하다. 당시에는 노예들이 이야기를 만들고 시를 지었다고 한다.

■ **이솝(Aesop)**

고대 그리스의 우화작가. 이솝은 아이소포스(Aisopos)의 영어식 이름이다. 헤로도토스에 따르면, 기원전 6세기 사람으로 사모스 사람 이드몬의 노예였으며, 델포이에 있는 아폴론 신전 사제들의 탐욕을 고발한 일로 그곳 사람들에게 살해되었다고 전한다. 《이솝 이야기》는 동물을 빗대어 인간세상의 냉혹한 현실세계를 적나라하게 보여주면서 교훈을 준다.

이솝이 살았던 시대는 법이 제대로 지켜지지 않는 때였다. 힘이 세거나 돈이 많으면 그들이 곧 법이요 정의가 되었다. 돈이 없거나 힘이 없으면 살아남기 어려웠다. 요령껏 살아가려면 삶의 지혜가 필요했다. 이솝은 사회의 밑바닥 생활을 하며 귀족들이 어떻게 생각하고 행동하는지 살피며 처세의 지혜와 요령을 이야기했다. 교묘히 동물들의 삶을 빗대어 그들을 비꼬며 힘없고 돈 없는 사람들이 어떻게 살아가야 할지 지혜를 전한다. 그렇게 적은 글이 350편이나 되었다. 근 2,600년이 흘렀지만, 그의 삶의 지혜는 지금까지 고스란히 전해지고 있다. 그만큼 삶을

제4장 문학, 감성의 부활이 사람다움의 길을 걷게 한다

살아가는 데 필요한 지혜들이 숨겨져 있기 때문이다.

꿈을 향해 나아가는 청소년들이 한 번쯤 마음에 새겨야 하는 우화 하나를 살펴보자. 〈여우와 신포도〉이야기이다.

어느 무더운 여름날, 며칠을 굶주린 여우가 포도나무 밑을 지나갔다. 주렁주렁 매달린 포도송이를 발견하고 너무 먹음직스러워 침을 꿀꺽 삼켰다. 여우는 포도송이를 따 먹으려고 껑충껑충 뛰었다.

하지만 포도송이가 너무 높은 곳에 매달려 있어 도저히 따 먹을 수가 없었다. 몇 번이고 뛰어보았지만 헛수고였다. 여우는 결국 체념한 채 물러나며 이렇게 중얼거렸다.

"저 포도는 딴다 해도 아마 너무 시어서 먹을 수 없을 거야."

이 우화를 읽노라면 우리 삶의 모습이 그대로 보인다. 목표를 세우고 노력하다 원하는 대로 일이 풀리지 않을 때 우리도 이런 모습일지 모른다. 자신의 노력이나 잘못된 점을 파악하기보다 일이 안 될 수밖에 없는 상황이라고 생각하며 핑계거리를 찾는 것이다. 자기가 이루려 한 것이 꼭 좋은 것이 아니었다고 위로 섞인 말을 하기도 한다. 한마디로 자신을 합리화하는 행동이다. 이런 모습으로는 원하는 목표를 이룰 수 없다. 포도송이가 높으면 사다리를 찾거나, 발을 딛고 설 수 있는 것들을 찾아 끝내 따 먹는 의지와 노력이 필요하다. 그런 모습을 여우에게서는 찾을 수 없다. 이 여우는 다음 포도밭에 가도 만약 쉽게 포도송이를 딸 수 없으면 다른 핑계거리를 찾을 것이다. 그런 삶의 태도로는 어떤 것도 성취하기 힘들다. 쉽게 얻은 것은 쉽게 잊히기 마련이다.

지나친 욕심은 화를 불러일으키기 마련이다. 절제하지 못하면 큰일을 치르게 된다는 것을 알면서도 많은 사람이 욕심 때문에 화를 당하고 만다. 이솝은 사람들의 욕심을 경계하며 이런 우화를 남겼다.

가난한 부부가 살고 있었는데 재산이라고는 다 쓰러져가는 집 한 채와 자그마한 논밭, 그리고 암탉 한 마리가 전부였다.
어느 날, 암탉이 황금 알을 낳았다. 그날부터 매일 한 개씩 황금 알을 낳았다. 그 덕분에 부부는 부유한 생활을 할 수 있었다. 더불어 부부의 욕심도 나날이 늘어갔다. 한 개의 황금 알로 만족할 수 없게 되자 이런

147
· · ·

생각을 하게 되었다.

'저 암탉의 뱃속엔 황금 달걀이 몇 개나 들어 있을까? 틀림없이 셀 수 없을 만큼 많이 들어 있겠지. 그렇다면 날마다 한 개씩 알 낳기만을 기다릴 게 아니라 암탉을 잡아서 뱃속에 있는 알을 모두 꺼내는 게 좋겠어.'

그리고 곧장 암탉을 잡아서 배를 갈라보았다. 황금이 들어 있을 거라고 생각했던 암탉의 뱃속은 다른 암탉과 다를 게 없었다. 암탉 주인은 그제야 깜짝 놀라서 암탉 잡은 것을 후회했다. 그는 단번에 부자가 되려는 욕심 때문에 소중한 암탉까지 잃어버리게 되었다.

이 이야기는 다른 설명을 덧붙일 필요가 없을 정도로 간단 명료하다. 인간 마음속에 도사리고 있는 욕심을 다스리지 못할 때 어떤 일이 벌어질지 미리 경고하는 내용은 우리로 하여금 고개를 끄덕이게 한다.

승리에 도취한 나머지 너무 우쭐대면 큰코다칠 거라는 이야기도 전한다. 우리는 경쟁에서 승리하면 가끔 자만에 빠질 때가 있다. 상대를 배려하지 못해 아픔을 줄 때도 생긴다. 그럴 때면 누군가에게 상처를 남긴다. 그런 일을 미연에 방지하려는 의도인지는 모르지만 이런 우화를 이야기한다.

> 두 마리 수탉이 암탉 한 마리를 사이에 두고 다툼을
> 벌였다. 그 결과 승자가 정해졌다. 싸움에서 호되게 당
> 한 수탉은 캄캄한 구석으로 밀려났다.
> 승리한 수탉은 당당하게 높은 담 위에 올라가 목청껏
> "꼬끼오"를 외쳤다.
> 바로 그때 독수리 한 마리가 나타났다. 독수리는 날쌔
> 게 담 위의 수탉을 낚아채가버렸다.

사람은 모름지기 겸손할 줄 알아야 한다. 벼도 익을수록 고
개를 숙인다고 하지 않는가. 설익은 벼가 고개를 빳빳하게 쳐
드는 법이다.

이솝은 주변의 상황도 살필 것을 이야기한다. 요즘은 주변 사
람들의 삶에 대해 별 관심을 가지지 않는다. 누군가 잘못을 저
질러도 못 본 척하고 지나친다. 괜히 간섭했다가 화를 당할까
두렵기 때문이다. 또한 다른 사람의 조언도 잘 듣지 못하는 시
대이기도 하다. 청소년 시기는 아직 배워야 할 것이 많은데도
어른들의 쓴소리를 달게 받아들이지 않는다. 그로 인한 손해는
누가 보겠는가. 당장 쓴소리를 듣지 않아서 좋기는 하겠지만

제4장 문학, 감성의 부활이 사람다움의 길을 걷게 한다

인생을 살면서 꼭 배워야 하는 것들을 배우지 못한 청소년들이 더 큰 손해를 보는 것이다. 우리는 혼자서 살아갈 수 없다. 인간은 사회적 동물이다. 함께 더불어 살아가야 할 존재이다. 누군가의 도움을 못 본 척 외면하면 더 큰 화를 당하게 된다.

어떤 사람이 말과 당나귀 각 한 마리를 기르고 있었다. 어느 날, 주인은 말과 당나귀를 데리고 길을 나섰다. 그때 당나귀가 말에게 말했다.

"여보게 내 짐을 조금만 들어주게나. 그러면 나도 목숨은 건질 수 있을 것 같네."

말은 당나귀의 말에 들은 척도 하지 않았다. 당나귀는 무거운 짐 때문에 얼마못가 지쳐 쓰러져 죽고말았다. 주인은 당나귀의 짐을 말에게 모두 옮겨 실었다. 뿐만 아니라 당나귀에게서 벗겨낸 가죽까지 말 위에 얹었다. 말은 한숨을 내쉬며 이렇게 중얼거렸다.

"아아, 내가 기회를 놓치고 말았구나. 이제 된통 당하게 되었구나. 당나귀의 그 가벼운 짐을 나누어 지는 것을 싫어하다 이제 모든 짐을 나 혼자 떠맡게 생겼으니 말이다. 게다가 그 녀석의 가죽까지."

우리 사회는 도움이 필요한 사람들이 의외로 많다. 그들을 외면하지 말고 다가가 손을 잡아주고 그들의 고통과 아픔을 함께 나누어 질 필요가 있다. 그렇지 않으면 언젠가는 그들의 모든 짐을 짊어져야 할 때가 올지도 모른다.

이솝이 살았던 시대도 지금처럼 말과 행동이 다른 사람이 많았나 보다. 이솝은 말과 행동이 다른 사람을 빗대어 이렇게 이야기한다.

사냥꾼들에게 쫓겨 도망치던 여우가 나무꾼을 만나 자기를 숨겨달라고 애원했다. 나무꾼은 여우에게 자신의 헛간으로 들어가 숨으라고 했다.

이윽고 사냥꾼들이 와서 나무꾼에게 여우가 도망가는 것을 보지 못했냐고 물었다.

나무꾼은 입으로는 보지 못했다고 말하면서도 눈짓으로는 여우가 숨어 있는 곳을 가리켰다. 그러나 사냥꾼들은 나무꾼의 눈짓을 알아차리지 못하고 떠났다.

여우는 사냥꾼들이 떠나는 것을 보고 헛간에서 나왔다. 그러고는 나무꾼에게 한마디 고맙다는 인사도 없이 떠나려고 했다.

나무꾼은 남의 도움으로 살아났으면서도 한마디 인사

도 없이 떠나느냐며 여우를 나무랐다.

그러자 여우가 말했다.

"그렇군요. 만약 당신의 행동과 말이 일치했더라면 나
도 당신에게 고맙다고 인사를 했을 것입니다."

인간의 삶을 꿰뚫는 이 한 편의 우화는 많은 것을 생각하게
한다. 명쾌하게 꾸짖는 말보다 더 힘이 있다. 이것이《이솝우
화》의 힘이자 매력이다. 그래서 인간의 숨겨진 본성을 알고 배
우기에《이솝우화》만 한 것이 없다. 350편을 모두 읽고 그 의
미를 파악하는 것도 좋다. 하지만 사람다움의 길을 걸어감에
있어서 자신에게 꼭 필요한 덕목이 무엇인지 그와 관련된 것을
찾아 읽어도 좋겠다. 짧고 간결해 어떤 책보다 부담이 적으니
한 번쯤 읽어봐야 할 책이라 여겨진다.

순수한 영혼을 지키는
파수꾼을 꿈꾸다
-《호밀밭의 파수꾼》

　　미래의 자기 삶에 대해 진지하게 성찰한 청소년이 얼마나 될까? 자신이 살아가야 할 인생과 어떻게 삶을 이끌어가야 할지에 대해 끊임없이 질문을 던지는 사람은 또 얼마나 될까? 자기 삶에 질문을 던지지 않는 사람은 누군가에 의해 끌려가게 되어 있다. 사회에서 인정하고 존경받는 길을 따를 것이고, 누군가 정해놓은 길을 따라 걷게 될 것이다. 자신이 원하는 삶에 대해 진지하게 고민하지 않는데 어떻게 주도적으로 살아갈 수 있겠는가.

　　그런데 여기, 자기 삶에 대해 고민하고 갈등하며 나아갈 길을 열려고 하는 인물이 있다. 바로《호밀밭의 파수꾼》의 주인공 홀든 콜필드이다. 이 작품은 사람에 따라 호불호가 갈린다. 어떤 사람은 사춘기를 겪는 한 청소년이 자기 삶을 고민하며 겪은 심리적 갈등을 숨김없이 표현하고 있어 현실적이라고 하는가 하면, 청소년이 읽기에 너무 직설적이고 비속어가 난무한다고 지적하는 사람들도 있다. 두 주장이 확연하게 차이가 나지만, 1952년 소설이 출간된 이후 지금까지 1,500만 부 이상이 팔리며 꾸준히 사랑을 받고 있다. 비속어의 위험성이 존재하긴 하지만, 이 책은 우리가 사는 시대를 가감 없이 보여주고 있다. 민낯을 보여주어 당황스럽기도 하지만, 그 안에서 한 소년이 자기 삶에 대해 고민하고 꿈꾸는 인생은 많은 것을 생각하게 한다. 그런 의미에서 청소년들이 한 번쯤 일독을 해도 좋을 것이다. 사람다움의 길을 걸어감에 있어 충분히 생각해볼 문제를 던져주고 있기 때문이다.

열여섯 살의 콜필드는 여느 청소년들과는 다르다. 학교생활을 순리대로 하지 않다가 퇴학을 당한다. 영어과목을 제외한 나머지 과목에서 낙제를 했기 때문이다. 그가 퇴학을 당한 것은 공부를 못해서라기보다 안 한 것처럼 보인다. 콜필드는 선생님과 아이들의 거짓과 위선적인 행동을 보고 실망스러운 마음을 품고 있었기 때문이다. 그는 다소 반항아처럼 보이지만 자기 주관만큼은 뚜렷해 스스로 학교를 그만두려고 한다. 그렇다고 그의 가정이 불우한 것도 아니다. 아버지가 대기업 고문 변호사를 할 만큼 부유층의 가정에서 태어났다. 그럼에도 불구하고 콜필드가 반항적인 행동을 하는 것은 부유층의 삶과 학교의 모습에서 사람다운 삶에 대한 회의감을 품었기 때문이라고 여겨진다.

콜필드는 학교를 떠나 집으로 돌아가는 길에서 사회의 민낯을 본다. 학교와 전혀 다를 바 없는 사회 모습을 보고 그 안에서 삶을 지속할 만한 의미를 발견하지 못한다. 그래서 그는 자신이 머무르고 있는 곳을 떠나 혼자 삶을 꾸려나갈 궁리를 한다. 자기 통장에 있는 예금을 찾아 차를 빌리고 자연 속에서 운치 있는 삶을 살려고 한 것이다. 하지만 그의 소망은 동생 피비에 의해 꺾여버린다. 지금까지 만나고 경험한 사람들과 전혀 다른 피비를 보며 새로운 세상을 본다. 순수한 영혼을 가지고 살고 있는 이들이 존재하고 있다는 것을 발견한 것이다. 현실을 도피하려고 했던 그의 가출 계획은 순수한 영혼을 지닌 동생을 지키며 살겠다는 꿈으로 바뀐다. 그러면서 호밀밭의 파수꾼이 될 것을 다짐한다.

"나는 늘 넓은 호밀밭에서 꼬마들이 재미있게 놀고 있는 모습을 상상하곤 했어. 어린애들만 수천 명이 있을 뿐 주위에 어른이라고는 나밖에 없는 거야. 그리고 난

아득한 절벽 옆에 서 있어. 내가 할 일은 아이들이 절
벽으로 떨어질 것 같으면, 재빨리 붙잡아주는 거야. 애
들이란 앞뒤 생각 없이 마구 달리는 법이니까 말이야.
그럴 때 어딘가에서 내가 나타나서는 꼬마가 떨어지
지 않도록 붙잡아주는 거지. 온종일 그 일만 하는 거
야. 말하자면 호밀밭의 파수꾼이 되고 싶다고나 할까.
바보 같은 얘기라는 건 알고 있어. 하지만 정말 내가
되고 싶은 건 그거야. 바보 같겠지만 말이야."

홀든 콜필드는 자신이 원하는 삶의 길을 찾는 데 많은 어려
움이 있었다. 거짓과 위선으로 가득한 어른들의 삶과 사회를
보며 희망을 발견하지 못해 떠날 것을 결심하지만 자신이 꼭
해야 하는 일이 무엇인지 발견하고는 그 길을 걸어가려 한다.
순수한 영혼을 지키겠다는 그의 꿈을 보고 사람들은 비웃을지
도 모른다. 콜필드 자신도 바보 같은 생각일지도 모르겠다는
이야기를 한다. 그래도 콜필드는 그 길이 사람다운 삶을 살아
가는 데 제격이라고 여긴 듯싶다. 호밀밭은 아이들의 시선에서
보면 앞이 잘 보이지 않는다. 키가 자란 호밀에 비하면 아이들
은 작다. 그런데 호밀밭의 끝에는 절벽이 있다. 콜필드는 절벽
아래는 위선과 모순, 거짓 밖에 없다고 생각했다. 앞을 제대로

보지 못해 절벽으로 떨어지는 것을 그는 막겠다고 나선 것이다. 거짓과 위선이 가득한 곳에서 동생 같은 순수한 영혼이 파괴되지 않는 사회, 사람답게 살아갈 수 있는 세상을 지키고 싶은 마음이 파수꾼이 되려고 한 것이다.

콜필드의 결정이 아직 어린 청소년이어서 즉흥적인 생각에서 나온 것이라 생각하는 사람도 있을 것이다. 하지만 콜필드가 동생 피비와 직업 이야기를 나눈 것을 보면 생각 없이 내린 결정이 아니란 것을 알 수 있다. 아빠처럼 변호사를 하는 것이 어떤지에 대한 피비의 질문에 콜필드는 이렇게 답한다.

"변호사는 괜찮지만…… 그렇게 썩 끌리는 건 아니야. 그러니까 죄 없는 사람들의 생명을 구해준다거나 하는 일만 할 수 있다면 좋겠지만, 변호사가 되면 그럴 수만은 없게 되거든. 일단은 돈을 많이 벌어야 하고, 몰려다니면서 골프를 치거나, 브리지를 해야만 해. 좋은 차를 사거나, 마티니를 마시면서 명사인 척하는 그런 짓들을 해야 한다는 거야. 그러다 보면, 정말 사람의 목숨을 구해주고 싶어서 그런 일을 한 건지, 아니면 굉장한 변호사가 되겠다고 그 일을 하는 건지 모르게 된다는 거지. 말하자면, 재판이 끝나고 법정에서 나올 때 신문기자니 뭐니 하는 사람들한테 잔뜩 둘러싸여 환호를 받는 삼류 영화의 주인공처럼 되는 거 말이야. 그렇게 되면 자기가 엉터리라는 걸 어떻게 알 수 있겠니? 그게 문제라는 거지."

변호사라는 그럴듯한 직업을 갖고 있지만 어쩔 수 없이 위선적으로 행동해야 하는 것이 콜필드는 싫었던 것이다. 콜필드는 진실 된 마음으로 세상을 살아가고 싶어 했다. 그래서 사회가 원하는 직업에 휘둘리지 않았다. 자기 삶에 대한 철학이 확고했기에 다른 사람의 눈치를 보지 않고 원하는 삶의 방향을 설정할 수 있었다.

미래에 대한 꿈은 확고했지만 현실은 냉혹했다. 콜필드는 집으로 돌아갔고 정신과 치료를 받아야 했으며 다시 학교로 돌아갔다. 호밀밭의 파수꾼은 당장 이룰 수 있는 것이 아니기 때문이다.

인생이란 무엇인가에 대한 의문을 던지고 자기 삶의 방향을 정하기까지의 과정은 분명 험난했다. 그럼에도 그의 선택이 전혀 낯설지 않은 것은 누구나 그런 고민 속에 있지만 실제로 자기 삶을 찾기 위해 콜필드처럼 노력한 흔적을 찾기 어렵기 때문일 것이다. 사람다움의 길을 찾으려면 때로는 방황도 필요하다. 고독 속에서 자기 삶에 대해 고민하고 고뇌하는 시간도 중요하다. 그런 일련의 과정에서 자기 삶의 밑그림을 그려나갈 수 있다. 그렇다고 콜필드처럼 학교와 집을 뛰쳐나가라는 것은 아니다. 홍역을 앓는 것처럼 힘겨운 사투를 벌일지라도 사람답게 살아가는 길을 발견하려는 노력이 필요하다는 의미다. 그런 의미에서《호밀밭의 파수꾼》은 청소년들에게 전해주는 메시지가 자못 크다.

제4장 문학, 감성의 부활이 사람다움의 길을 걷게 한다

문학,
어떻게
읽어야 하나?

살아가면서 만나는 사람은 매우 다양하다. 다양한 사람들만큼 인생도 다양하다. 청소년 시기에 이런 사람과 인생을 모두 만나면 좋겠지만 그럴 수는 없다. 기회와 여건, 시간이 허락되어 다양한 체험과 사람을 만날 수 있다면 좋겠지만 어디까지나 희망사항에 불과하다. 다양한 삶의 모습을 모두 체험하기란 애초부터 불가능한 일이다. 하지만 그것이 영영 불가능한 것만은 아니다. 불가능을 가능한 일로 바꿔주는 것이 있다. 바로 문학이라는 장르를 통해서이다.

문학은 사람 사는 이야기를 작가의 상상력을 동원해 풀어낸다. 여러분이 책이나 영화로 접했을 《해리포터》 시리즈를 생각해보라. 한 작품으로 얼마나 많은 인간 삶의 모습을 발견할 수 있었는가. 그 안에서 인생의 악과 그것을 이기는 선, 우정을 빚어나가는 모습, 다양한 인간관계의 이야기를 만날 수 있었다. '이런 이야기도 가능한가'라는 질문이 나올 정도로 이야기는 흡입력이 있었다. 그리고 그 안에는 다양한 삶의 이야기들이 펼쳐져 있었다.

그런데 이렇게 재미있는 《해리포터》를 읽으며 인간 삶의 모습을 발견했는지 한번 물어보고 싶다. 아니면 흥미로운 이야기에 빠져 재미만 느끼고 만 것은 아닌가? 이것은 곰곰이 생각해볼 문제다. 다양한 인물들의 모습을 통해 '나는 어떻게 살아가야 하는가? 저렇게 생각하고 행동하면 안 되는데'라고 의문을 던지며 보았는가? 재미있는 판타지 소설을 읽으며 굳이 철학적인 질문까지 할 필요가 있느냐고 반문하는 사람이 있을 수도 있겠다. 하지만 모든 문학작품에는 작가가 전하려는 메시지가 존재하고 있다. 그것을 통해 삶의 교훈을 전달해주려고 한다. 다만 그것을 발견하려고 노력하는 사람만 보고 만지고 느낄 수 있다.

이처럼 독서는 어떤 목적에 의해 행해진다. 《해리포터》를 흥미 위주로 읽겠다고 생각하며 읽는 사람과 그 안에서 삶의 지혜와 인간 군상의 여러 모습을 발견하겠다는 의도로 접근하는 사람이 얻는 것은 확연한 차이가 있다. 그래서 독서를 할 때는 먼저 독서의 목적을 명확히 해야 한다. 그 목적에 따라 얻어지는 결과물도 다르기 때문이다.

문학작품을 읽을 때 그 목적은 여러 가지가 있지만 사람다움의 길을 걸어가는 데 필요한 덕목이 무엇인지 발견하려는 목적으로 읽을 필요가 있다. 그런 의도로 접근했을 때 내 삶을 어떻게 펼쳐가야 할지, 지금의 내 모습은 어떤지가 보이게 된다. 그렇게 하려면 내가 등장인물이 되어 작품 속으로 들어가 함께 호흡해야 된다. 그래야 그들의 삶이 이해되고 공감이 간다. 나와 상관없는 이야기라는 생각으로는 그들의 삶을 이해하기 힘들다.

공감대를 형성하면서 읽어가려면 감정이입이 필요하다. 감정이입은 '만약 네가 그(그녀)였다면 어떻게 했을 것 같은가?'라는 질문에 답할 때 가능해진다. 끊임없이 '나라면 어떻게 했을까?'라는 질문에 답을 하다 보면 허투루 읽게 되지 않는다. 작품 속 인물들이 왜 그렇게 생각하고 행동했는지 이해가 된다. 그런 노력을 할 때 삶의 의미가 발견되고 자연스레 내 삶의 스토리와 연결고리가 생긴다. 그러므로 작품을 읽어가면서 쉬지 않고 질문을 던지고 답을 찾으려는 노력이 필요하다.

흔히 글을 읽을 때 문장 사이의 행간을 읽을 줄 알아야 한다고 말한다. 행간에는 저자의 의도가 숨겨져 있기 때문이다. 문장 안에 갇혀버리면 행간에서 의미하는 메시지를 놓치게 된다. 문자를 곧이곧대로 해석하면 저자가 숨겨놓은 의도를 발견하지 못한다. 그러니 글을 읽을 때 생각하며 읽어야 한다. 이런 문장을 펼쳐놓은 의도가 무엇일까, 왜 극중 인물은 이런 말을 할까 등등 갖가지 질문을 던지며 읽어야 문장에 갇히는 꼴을 면하게 된다.

밑줄과 메모도 글을 읽을 때 중요하다. 그래서 책은 사서 봐야 한다고 말하는 것이다. 빌린 책으로는 책을 읽으면서 떠오르는 생각이나 성찰, 느낌과 결단을 적절하게 적어둘 수 없다. 저자의 핵심 메시지나 멋진 문장에 밑줄을 그어둘 수도 없다. 내 경우《호밀밭의 파수꾼》을 읽으면서 책에 밑줄을 긋지 않았다면 다시 세세히 읽어가며 글을 써야 했을 것이다. 하지만 책을 읽으며 형광펜으로 밑줄을 죽죽 그어놓은 덕분에 필요할 때 요긴하게 활용이 가능했다. 밑줄과 메모는 읽었던 책에서 배우고 싶은 것이 있을 때 처음부터 다시 읽어야 하는 수고로움을 대신해 준다. 중요한 대목에 그어놓은 밑줄과 메모가 당시 느낌과 감동을 떠오르게 해주기 때문이다. 물론 다시 읽으면 새로운 감동과 느낌을 받을 수는 있을 것이다. 읽을 때 나의 감성과 느낌이 예전과 달라졌기에 그렇다. 그렇더라도 한 작품을 통해 받을 수 있는 감동과 느낌에는 한계가 있다.

책을 읽고 난 후 글로 생각을 정리하면 더할 나위 없이 좋은 효과를 거둘 수 있다. 책 읽기를 통해 받은 감동은 마음속 여기 저기 흩어져 있다. 그것을 체계화하는 작업이 글쓰기다. 한 가지 생각을 깊이 있게 확장할수록 다양한 생각들을 일목요연하게 정리하는 작업이 가능해진다. 또한 글쓰기는 생각을 적절한 방법으로 표현하는 방법을 익히게 해준다. 의사소통 능력이 중요한 이때 글쓰기만큼 의사소통 도구로 각광받는 것은 없다. 단기간에 글쓰기 능력을 향상시키기 힘들다는 것은 누구나 안다. 그러니 책을 읽을 때마다 자기 생각을 정리해 글로 옮기는 연습을 한다면 생각보다 많은 것을 얻을 수 있다.

문학작품을 읽으면서 유난히 마음을 울리는 문장은 따로 메모해 두는 것도 좋다. 한 편의 시가 사람을 움직이는 것처럼 한 문장이 커다란 울림으로 다가올 수 있다. 그런 문장 서너 개만 내 마음에 자리하고 있어도 인생을 살아가는 데 힘이 되어줄 것이다. 이렇게 정리해둔 문장들은 글을 쓸 때 유용하게 활용할 수 있다. 마음의 갈등이나 힘겨운 일이 생겼을 때 다시 일어서고 회복할 동력으로도 작용할 수 있다.

청소년기에 읽은 한 편의 문학작품이 인생을 살아가는 데 디딤돌이 될 수 있다. 수많은 인생의 갈림길에서 현명하게 결정하고 선택할 단서도 제공해줄 수 있다. 수많은 인간 군상의 이야기들을 통해 내 삶의 이야기를 어떻게 펼쳐가야 할지 지혜를 제공하기도 한다. 무엇보다 사람답게 살아가는 길이 무엇인지 배울 수 있기에 문학의 힘은 크다. 그 힘의 능력을 청소년들이 느껴보기를 기대해본다. 아는 만큼 보이고 보이는 만큼 느끼는 것이다.

제5장

고전에서 배우는
사람다움의 길

청소년을 위한
인성인문학

> ""
> # 혼자 있을 때
> ## 삶을
> ## 점검하라
> ,,

 은밀한 곳보다 더 잘 보이는 곳은 없으며,

아주 작은 것보다 더 잘 드러나는 것은 없다.

그러므로 군자는 혼자 있을 때 신중하게 행동한다.

―《중용》

사람다움의 길을 걸어감에 있어서 방해되는 일은 주로 은밀한 곳에서 벌어진다. 아무도 보는 이가 없을 때 죄를 짓는 경우가 많다. 해서는 안 될 일도 혼자 있을 때 하는 경우가 대부분이다. 그래서 《중용》과 《대학》에서는 혼자 있을 때 삶을 점검하라는 의미로 '신독(愼獨)'을 말한다. 신독은 남이 보지 않거나 혼자 있을 때에도 도리에 어긋나지 않도록 조심해서 행동하라는 뜻이다. 위의 글에서도 군자신기독야(君子愼其獨也)라며 혼자 있을 때 모든 것을 조심하라고 한다.《채근담》에도 이와 비슷한 구절이 있다.

> 간장에 병이 들면 눈이 보이지 않게 되고
> 신장에 병이 들면 귀가 들리지 않게 되니
> 병은 남들이 보지 못하는 곳에 들지만
> 반드시 남들이 모두 다 볼 수 있는 곳에 나타난다.
> 그러므로 군자는 밝은 곳에서 죄를 얻지 않으려면
> 먼저 어두운 곳에서 죄를 짓지 말아야 할 것이니라.

병이든, 죄든 어두운 곳에서 시작됨을 이야기한다. 병이 겉으로 드러나면 때는 이미 늦다. 병이 깊어질 대로 깊어져 겉으로 배어나온 것이기 때문이다. 겉으로 드러난 죄도 다를 바 없다. 어떤 행위가 드러났을 때는 마음속에 깊은 뿌리를 내린 후이다. 그래서 모든 죄는 어두운 곳, 즉 아무도 보지 않는 곳에서 시작되는 것이다.

살아가면서 힘든 일 중 하나는 아무도 보는 사람이 없을 때 스스로 정직하게 행동하는 것이다. 사람들의 눈이 있을 땐 그들을 의식해서 도덕적인 행동을 한다. 하다못해 CCTV 앞에서도 조심한다. 그러나 혼자 있을 때는 달라진다. 마음속에 뚜렷한 신념이 없으면 혼자 있을 때 사람으로서 지켜야 할 도리를 지키며 사는 것이 쉽지 않다.

혼자 있을 때 어떻게 생각하고 행동하는가? 주변에 누군가 있으면 해서는 안 될 일을 하는 것이 쉽지 않다. 다른 사람의 시선을 의식해 조심스럽게 행동한다. 양심이 하지 말아야 할 것을 제지하는 것이다.

사람에게는 누구나 양심이 있다. 양심은 어떤 행위에 대하여 옳고 그름, 선과 악을 구별하는 도덕적 의식이나 마음씨를 말한다. 사람은 하지 말아야 할 것을 하면 양심의 가책을 느낀다. 스스로 잘못을 느끼는 것이다. 그런데 양심은 한번 꺾이면 다시 회복하기가 쉽지 않다는 것이다. 한번 잘못을 허용하면 두 번 세 번은 양심의 가책을 느끼지 않는다. 그래서 한 번이 중요하다. 한 번을 견디면 아무도 보는 사람이 없어도 스스로 양심을 지킬 수 있다.

혼자 있을 때 자신을 지켜내려면 평소에 품고 있는 생각이 중요하다. 어떤 일이 있어도 양심을 저버리지 않으려는 생각을 갖고 있어야 한다. 생각이 흐트러지면 마음도 지키기 힘들다. 특히 탐욕적인 마음을 멀리해야 한다. 양심을 저버리는 일은 탐욕에서부터 시작된다.

> 사람이 한번 탐욕에 빠지면 굳센 기질도 녹아 유약하
> 게 되고
> 슬기로움도 막혀 어리석어지며,
> 어진 마음도 변하여 흉악하게 되고
> 깨끗한 마음도 더러워져 평생의 인품을 망가뜨리고
> 만다.
> 그러므로 옛 사람들은 탐욕을 부리지 않는 것을 보배
> 로 여겼으니,
> 그렇게 함으로써 한세상을 초월할 수 있었던 것이다.
>
> ―《채근담》

탐욕을 멀리하고 양심을 지켜내려면 스스로에게 엄격할 필요가 있다. 사소한 것이라도 지키려는 노력과 의지, 신념이 필요하다. 아주 작은 것들을 지켜내지 못하면 큰 것도 지켜내기 힘들다. 커다란 댐도 아주 작은 구멍을 소홀히 할 때 뚫리는 법이다.

'신독(愼獨)'의 삶은 사람다움의 길을 걷는 첫걸음이다.

말을 다스려라,
말의 힘은
생각보다 강하다

 잘못된 입놀림은 사람을 상처 내는 도끼와 같고,
잘못된 말은 결국 내 혀를 베는 칼과 같다.

―《명심보감》

말이 가지는 힘은 생각보다 강하다. 무심코 내뱉는 말이 사람을 살리기도 하고 죽이기도 한다. 유대인의 지혜서로 불리는 《탈무드》에 전해 내려온 이야기를 보면 이해하기가 쉽다.

어떤 왕이 광대 두 명을 불러 한 사람에게는 이 세상에서 '가장 악한 것'을 찾아오라고 명령했다. 다른 광대에게는 이 세상에서 '가장 선한 것'을 찾아오라고 했다. 두 광대는 세상에서 가장 악한 것과 선한 것을 찾기 위해 이곳저곳을 헤맸다.

　정해진 시간이 흐른 후 두 광대는 저마다 답을 찾아 왕 앞에 섰다. 왕은 두 광대에게 찾아온 답을 말해보라고 했다. 두 광대는 모두 '혀'라고 대답했다. 세 치 정도밖에 안 되는 짧은 혀를 어떻게 사용하느냐에 따라 삶이 달라진다는 의미다.

　《논어》학이(學而)편에서 공자는 이렇게 말한다. "듣기 좋게 꾸며대는 말과 보기 좋게 꾸미는 얼굴빛을 하는 사람 중에는 인자가 드물다." 교언영색(巧言令色)이라는 사자성어로 전해지는 말이다. 남의 환심을 사기 위해서 교묘히 꾸며대는 말을 잘하고, 알랑거리며 아첨하는 얼굴빛을 짓는 사람 중에는 진실하고 마음이 착한 사람이 적다는 뜻이다. 말을 얼마나 신중하고 조심스럽게 해야 하는지를 짐작하게 한다.

　말은 한 인간의 내면이 표현되는 통로다. 그래서 말은 그 사람의 인격이고 삶이라고 한다.

■ 공자(孔子, 기원전 551~기원전 479)
중국 춘추시대의 사상가. 유가 학파의 창시자. 주나라의 예와 악을 중시했고, 여러 나라를 주유하며 인(仁)을 정치와 윤리의 이상으로 하는 덕치를 강조하였다. 만년에는 교육에 전념하여 수많은 제자를 길러내 그들이 자신의 이상을 실현하도록 이끌었다. 기원전 481년 《춘추(春秋)》를 완성했다. 제자들이 엮은 《논어》에 그의 언행과 사상이 잘 나타나 있다.

그 사람이 경험하고 생각하는 것이 말로 나타나기 때문이다. 《채근담》에서 전하는 이야기를 들으면 고개가 끄덕여진다.

> 착한 사람은 평소 언행이 침착하고 중후할 뿐만 아니라 잠자는 동안의 정신까지도 온화한 기운이 깃들어 있다. 흉악한 사람은 하는 일마다 포악하고 잔인할 뿐만 아니라 목소리와 웃음소리까지도 살기가 서려 있다.

아무렇지 않게 내뱉은 욕이나 건전하지 않은 말은 그 자체로 문제가 있다. 무심코 던진 말 한마디가 어떤 사람에게는 평생 잊을 수 없는 상처가 된다. 그로 인해 생명을 앗아가는 일도 생긴다.

겉으로 나타난 말보다 더 심각한 것은 그 사람의 내면에 자리하고 있는 생각과 마음이다. 바람직하지 않은 생각과 마음을 품고 있기에 하지 말아야 할 언어를 사용하는 것이다. 그 사람의 생각과 마음이 온전하지 않은 것이 문제라는 말이다.

그래서 사람들은 혀를 통해 나오는 열매로 살아간다고 말한다. 말이 자신에게 한 예언이 되어 말한 대로 열매를 맺는다. 옛 속담에 "말이 씨가 된다"는 것은 그 의미를 충분히 전달해 준다. 말이 곧 씨앗이라는 것이다. 자신이 스스로 던진 말이 마음 밭에 떨어져 그대로 열매를 맺는다. 《성경》에서도 같은 의미의 말이 전해진다.

> "사람은 입에서 나오는 열매로 말미암아 배부르게 되나니 곧 그의 입술에서 나는 것으로 말미암아 만족하게 되느니라. 죽고 사는 것이 혀의 힘에 달렸나니 혀를 쓰기 좋아하는 자는 혀의 열매를 먹으리라."

혀가 얼마나 중요한지 무서울 정도다. 그런데도 우리 청소년들의 언어 사용은 어떤가? 한 조사에 따르면, 청소년들 중 73퍼센트가 매일 욕을 한다고 한다. 습관적으로 욕을 하는 청소년도 많았다. 그 욕이 자신의 내면에 떨어져 그에 합당한 열매를 맺을 것을 생각하면 정말로 걱정스럽다.

욕뿐만 아니라 상대의 마음을 아프게 하는 말도 삼가야 한다. 아무 생각 없이 무심코 던진 말이 상대에게는 치명적인 상처를 안길 수 있다. 평생 가슴에 품고 살아가야 할 삶의 무게가 될 수 있다. 말은 눈에 보이지 않지만 이렇게 큰 힘이 있다. 그래서 자신이 어떤 말을 하는지 점검해야 한다. 말을 다스리지 못하면 사람다움의 길을 걸어가기 힘들다. 말 한마디로 인생이 위태로울 수 있다. 말 한마디가 삶과 죽음을 가르는 키가 될 수도 있는데 그 의미가 《명심보감》에 잘 나와 있다.

상대방의 마음을 행복하게 해주는 말 한 마디는
마치 따뜻하기가 솜과 같고
상대방의 가슴에 상처를 주는 말 한 마디는
마치 날카롭기가 가시와 같다.

말은 꿈을 이루어가는 데도 도움이 된다. 꿈의 언어를 선포하고 나아가면 성공적인 삶을 살 수 있다. 오드르 로드라는 시인은 꿈의 언어를 선포하고 나아가야 함을 이렇게 말한다.

"상처 받고 오해 받을 위험이 있을지라도 내게 아주 중요한 것은 말로 입 밖에 내뱉음으로써 다른 사람이 알게 해야 한다는 것을 나는 거듭 확신하게 된다."

자신의 꿈을 다른 사람이 알도록 말하라는 것이다. 그러면 말하는 대로 자신의 꿈을 이룰 수 있다는 것이다.

자기 삶에서 어떤 말을 던지며 나아가는지 점검하자. 말의 힘은 생각보다 강하다.

보는 것이
생각과 삶을
지배한다

분수에 맞지 않는 행운이나

정당한 이유 없이 얻은 이익은

조물주의 낚싯밥이 아니면 인간 세상의 함정이니,

이럴 때 눈을 높이 들어 조심하지 않는다면

그 꼬임 속에 빠지지 않을 자가 드물 것이다.

-《채근담》

    사람은 보통 오감을 통해 정보를 받아들인다. 그중에 가장 강력한 영향을 끼치는 것이 청각과 시각이다. 대부분의 정보는 청각과 시각을 통해 얻는다. 잘 들어야 알 수 있고 말할 수 있다. 학교에서 배운 학습은 듣는 데서 좌우된다. 잘 듣는 사람이 공부도 잘한다. 말은 들어야 할 수 있다. 귀가 닫히면 말도 할 수 없다. 그런데 청각보다 더 강력한 힘이 있는데 그것은 시각이다. 백문불여일견(百聞不如一見)이라는 말도 있지 않은가. 백번 듣는 것이 한 번 보는 것만 못하다는 의미이다. 시각은 청각의 백배의 효과가 있다는 것이다. 그래서 평소에 어떤 것을 보고 살아가느냐가 중요하다.

《채근담》에서는 유혹을 이겨내려면 보는 것을 조심하라고 말한다. 여기서 본다는 것은 두 가지 의미를 지닌다. 겉으로 드러난 이익을 눈으로 보는 것과 상황을 보는 내면의 안목이다. 자신을 시험하는 함정에 빠지지 않으려면 상황을 보는 안목이 있어야 한다. 상황을 꿰뚫는 눈이 있으면 어떤 술책에도 빠지지 않는다. 하지만 자신이 이익을 왜 취해야 하는지 상황을 볼 수 있는 눈이 없으면 상대의 술책에 걸려들고 만다.

겉으로 드러나는 물질과 이익이라는 유혹을 눈으로 보지 않는 것도 필요하다. 사람은 눈으로 보면 탐심이 생기게 되어 있다. 견물생심(見物生心)이라는 말도 있지 않은가. 물건을 보면 그것을 갖고 싶은 욕심이 생긴다는 뜻이다. 사람은 눈으로 보지 않으면 아무런 생각이 나지 않다가도 직접 눈으로 보면 욕심이 생기게 마련이다. 그래서 보는 것을 조심해야 한다.

사람의 행복도 어떤 것을 보며 사느냐에 따라 달라진다. 시카고 로욜라 대학교의 프레드 브라이언트 교수는 보는 것에 따라 행복지수가 어떻게 나타나는지에 대한 실험을 했다. 실험자들을 세 그룹으로 나누어 각자 다른 것을 보게 했다. 그들에게 매일 20분씩 산책을 시키며 보는 것과 행복지수가 어떤 연관이 있는지 살폈다.

A그룹은 매일 자신을 가슴 벅차게 하는 대상에 시선을 고정시키라고 했다. B그룹은 낙서나 쓰레기와 같이 사람의 마음을 힘들게 하는 부정적인 것에 시선을 고정시키라고 했다. C그룹은 이것저것 신경 쓰지 말고 산책에만 집중하며 걸으라고 했다.

일주일의 산책 후 이들을 대상으로 행복지수를 조사해 보았다. 그런데 그 결과가 놀라웠다. A그룹은 실험 전보다 행복지수가 높아졌다. 그리고 다른 그룹에 비해 행복지수가 월등히 높다는 것이 밝혀졌다. B그룹은 실험 전보다 행복지수가 낮아졌다. 아무것도 신경 쓰지 않고 산책한 그룹보다 행복지수가 낮았다. 보는 것을 신경 쓰지 않았던 C그룹은 실험 전이나 이후나 행복지수는 변동이 없었다.

매일 보는 것에 따라 행복을 느끼는 감정이 달라졌다. 보는 것이 생각과 삶을 지배한다. 여러분은 지금 무엇을 제일 많이 보고 있는가? 꼭 봐야 할 것들을 보고 있는가, 아니면 보지 말아야 할 것을 몰래 보고 있는가? 《명심보감》에서도 보는 것의 중요성을 이렇게 전한다.

"눈을 경계하여 남의 잘못됨을 보지 말고, 입을 경계하여 남의 허물을 말하지 말고, 마음을 경계하여 탐욕을 꾸짖어라."

보는 것이 시작이다. 보는 것이 생각으로 연결되고 마음에까지 영향을 끼친다. 그래서 지금 보는 것을 점검해야 한다. 보는 것에 따라 우리 인생이 펼쳐진다.

남의 단점을
건드리지
말라

남의 단점은 간곡히 감싸 주어야 한다.
만약 상대방의 단점을 들춰내 남에게 알린다면,
이는 단점으로 단점을 공격하는 것이 된다.

−《채근담》

그야말로 무한경쟁시대이다. 잠시 한눈팔면 뒤처지는 것이
현실이다. 가까운 친구는 언제부턴가 경쟁상대가 되었다. 함께
어깨동무하며 나아가도 힘든 세상인데 경쟁까지 해야 하는 현
실이 슬프다. 그렇다고 경쟁을 안 할 수도 없다. 사회 시스템이
경쟁체제에 있으니 살아남으려면 경쟁에서 살아남아야 한다.

경쟁이 불가피하다 보니 여기저기서 문제가 발생한다. 선의의 경쟁을 펼치는 것이 아니라 자기 이익을 위해 상대를 이용하는 사람들 때문이다.

상대의 단점과 약점을 이용해 이익을 취하는 것은 비겁한 행동이다. 《논어》 안연(顏淵)편에서 공자와 제자 번지의 대화에서도 이런 내용이 잘 나와 있다.

번지가 무우에서 공자를 따라서 걷다가 물었다.

"감히 묻겠습니다. 덕을 높이고 악을 바로잡고, 미혹을 분별하는 도리를 알고 싶습니다."

이에 공자께서 말씀하셨다.

"참으로 좋은 질문이다. 일을 먼저 하고 소득을 뒤에 함이 덕을 높이는 것 아니겠느냐? 자신의 잘못된 것을 공격하고 남의 단점을 공격하지 않음이 간특한 마음을 닦는 것 아니겠느냐?"

자신의 잘못은 들춰내도 남의 단점을 공격하지 않는 것이 군자의 행동이라는 것이다. 반대로 남의 단점을 공격하는 사람은 간사하고 사특한 사람이라고 공자는 말했다.

《성경》에서도 상대의 단점을 보고 비판하지 말라고 했다.

"비판을 받지 아니하려거든 비판하지 말라. 너희가 비판하는 그 비판으로 너희가 비판을 받을 것이요. 너희가 헤아리는 그 헤아림으로 너희가 헤아림을 받을 것이니라. 어찌하여 형제의 눈 속에 있는 티는 보고 네 눈 속에 있는 들보는 깨닫지 못하느냐."

들보는 칸과 칸 사이의 두 기둥을 건너지르는 나무를 말한다. 자기 눈 속에는 건물의 두 기둥을 연결하는 큰 나무가 있는데 그것을 보지 못하고 상대 눈에 있는 작은 티를 보고 비판하는 모습을 꾸짖는 내용이다. 많은 사람이 자신의 단점은 보지 못하고 남의 단점을 보고 판단한다. 그리고 수군대며 상대에게 상처를 준다. 그런 모습이 바람직하지 않다는 것이다.

공자는 상대의 단점을 이야기하는 사람은 소인배라고 했다. 소인배는 도량이 좁고 간사한 사람을 말한다. 《논어》 안연(顏淵)편에 전해지는 이야기를 살펴보자.

공자께서 말씀하셨다.

"군자는 남의 좋은 점을 이룩하도록 해주고 남의 나쁜 점은 이루어주지 않지만, 소인은 이와 반대이다."

남의 단점을 건드리지 않으려면 단점보다 장점을 보려는 노력이 필요하다. 의도적으로 장점을 보려고 해야 한다. 하지만 그게 쉽지 않다. 수년을 공부한 공자의 제자들도 그랬다. 공자의 제자 한 사람이 다리를 저는 사람을 보고 "저 사람은 다리 하나가 짧다"라고 했다. 그 말에 공자는 이렇게 말했다.

"네 눈에는 다리 하나가 짧게 보이느냐? 이왕이면 다리 하나가 길다고 하는 것이 좋지 않겠느냐?"

단점보다는 조금이라도 좋은 쪽을 보고 말하라는 의도이다. 늘 좋은 쪽을 바라보려고 하다 보면 단점보다 장점을 보게 된다. 장점을 보고 나아가야 자신도 살고 상대도 살 수 있다. 이런 삶의 태도를 유지하려면《명심보감》에서 전하는 메시지에 귀 기울일 필요가 있다.

다른 사람의 착한 점을 보면 내게도 그런 착한 점이 있나 살펴보라.

다른 사람의 나쁜 점을 보면 내게도 그런 나쁜 점이 있나 살펴보라.

이렇게 해야 이롭다. 우리는 상대의 삶을 통해 자신을 살피며 살아야 한다. 그럴 때 좀 더 좋은 모습으로 자신을 발전시켜 나갈 수 있다. 상대의 단점만을 바라보지 않으려는 마음이 있어야 서로가 함께 손잡고 나아갈 수 있다. 그런 삶의 태도가 사람다움의 길을 걷게 한다.

분노의 감정을
담아놓지
말라

 자신의 마음에 분노하는 감정이 있으면 올바른 마
음가짐을 얻을 수 없고,
두려워하는 감정이 있어도 올바른 마음가짐을 얻
을 수 없고,
좋아하고 즐거워하는 감정이 있어도, 걱정이 있어
도 올바른 마음가짐을 얻을 수 없다.

−《대학》

사람다움의 길을 걸어가려면 마음가짐을 올바로 해야 한다.
마음가짐이 바르지 않으면 올바르게 생각하고 행동할 수 없다.

마음가짐을 바르게 하지 못하므로 분노, 두려움, 즐거움, 걱정하는 마음이 있다고 주희는 말한다. 이런 것이 마음에 가득하면 사물을 올바로 바라보고 판단하기 힘들다. 그래서 삶의 바람직한 가치들이 균형을 이루어야 한다.

특히 분노의 감정만큼은 스스로 다스리려는 노력이 필요하다. 분노의 감정을 다스리지 못하면 한순간에 삶이 무너질 수 있다. 사회적으로 물의를 일으키는 범죄 중 상당수가 순간의 분노를 참지 못해서 발생한다. 분노를 다스리지 못해 돌이킬 수 없는 길로 접어드는 것이다. 친구들과 생활할 때도 절제하지 못하는 순간의 분노는 관계를 깨뜨리는 원인이 된다.

그런데 순간적인 화를 참는 것이 쉽지 않다. 마음속에 끓어오르는 분노를 참는 것은 2500년 전 사람들이나 지금이나 별반 다를 것이 없다. 공자의 제자 자장도 참는 것이 어려웠는지 공자에게 질문을 했다.

자장이 물었다.

"참지 않으면 어떻게 됩니까?"

공자께서 말씀하셨다.

"천자가 참지 않으면 나라가 황폐하게 되고, 제후가 참지 않으면 그 몸을 잃어버린다. 벼슬아치가 참지 않으면 형법에 의하여 죽게 되고, 형제가 참지 않으면 각각 헤어져서 따로 살게 된다. 부부가 참지 않으면 자식들이 부모 없는 고아가 될 것이고, 친구가 서로 참지 않으면 정과 뜻이 서로 갈린다. 자신이 참지 않으면 걱정 근심이 없어지지 않는다."

자장이 말했다.

"참으로 좋고도 좋으신 말씀이로다. 아아 참는 것은 참으로 어렵도다. 사람이 아니면 참지 못할 것이요, 참지 못할 것 같으면 사람이 아니로다."

이는 《명심보감》 계성(戒性)편에 전해진 이야기인데 참는 것이 얼마나 어려운 일인지 알게 한다. 그렇다고 참지 않고 분노를 표출할 수도 없다. 그래서 분노를 슬기롭게 다스리는 방법을 반드시 알아야 한다.

분노는 온전히 자기 스스로의 선택에 달려 있다. 누군가 자신에게 분노를 일으킬 만한 행동을 해도 그것에 반응하는 것은 스스로의 몫이다. 무반응으로 넘어가는 것도, 그 상황에 빠져 분노하는 것도 모두 자신이 선택하는 것이다. 그러므로 분노의 상황이 닥쳤을 때 어떻게 행동해야 하는지 지혜를 배워야 한다.

전문가들에 의하면, 분노를 터뜨리는 것은 3초를 견디지 못해서라고 한다. 화를 낼 상황에서 3초를 견디면 화를 내지 않게 된다는 것이다. 3초를 지혜롭게 견디면 분노에서 멀어질 수 있다. 3초를 견디려면 심호흡을 길게 하는 것이 도움이 된다. 화가 나면 사람은 호흡이 가빠진다. 호흡이 빠르면 이성적인 판단이 어렵다. 이미 분노가 자신을 사로잡아서 그렇다. 그래서 분노의 마음이 생긴다고 생각되면 바로 호흡을 가다듬으면 좋다. 그 상황에서 벗어나 심호흡을 길게 하면 더 좋은 효과를 거둘 수 있다.

분노의 감정은 결코 마음에 담아두면 안 된다. 분노가 쌓이면 얼굴빛이 달라지고 인상에도 결정적인 영향을 끼친다. 이래저래 분노는 인간다운 삶의 길을 걷는 데 방해요소가 된다. 《논어》 이인(理仁)편의 공자의 말을 마음에 새기며 분노를 다스리는 사람이 되도록 힘쓰자.

공자께서 말씀하셨다.

"스스로를 절제하고 단속하며 사는 사람은 실수가 드물다."

《명심보감》에서는 참는 것이 얼마나 중요한지 여러 편의 이야기가 전해진다.

"나쁜 사람이 착한 사람을 꾸짖을 경우에 착한 사람은
조금도 대꾸하지 않는다.
대꾸하지 않는 사람의 마음은 맑고 한가롭지만
꾸짖는 사람의 입은 부글부글 끓어오른다.

이것은 마치 하늘 향해 침을 뱉으면 도로 자기 몸에
떨어지는 것과 같다."

분노를 다스리지 못하고 표현하는 사람은 자신을 향해 침을
뱉는 것과 같은 이치라고 일깨워준다. 고전 속에서 전하는 메
시지이지만 참 강렬하다. 사람의 자존심을 상하게 하는 것 중
가장 비참한 것이 침이다. 침 뱉음을 당하는 것처럼 치욕적인
것은 없다. 자기 내면의 분노를 상대에게 전달하는 사람은 자
신에게 침 뱉은 것이라는 말은 분노를 다스리는 것이 얼마나
중요한지 알게 한다. 마지막으로 《명심보감》에서 전하는 메시
지를 보며 오늘의 삶에서 분노를 다스리며 나아가도록 힘쓰자.

"참고 또 참아라. 조심하고 또 조심해라.
참지 않고 조심하지 않으면 사소한 일이 큰일이 된다."

" 과도한 욕심은
삶을
해친다
"

 사람이 욕심을 가지면 생각이 흐트러지고, 생각이
흐트러지면 욕심이 불붙고,
욕심이 불붙으면 사악한 마음이 강해지고, 사악한
마음이 강해지면 일을 경솔히 하게 되며,
일을 경솔히 하면 화가 뒤따른다.

－《한비자》

원하는 삶의 목표를 이루려면 욕심이 필요하다. 욕심이 있어
야 노력하게 된다. 아무것도 원하는 것이 없는 사람은 삶에서
도 의욕 없이 살아간다. 의욕은 뭔가를 얻겠다는 욕심에서 생

겨나는 경우가 많다. 이렇듯 욕심은 꿈을 이루어가는 데 매우 중요한 덕목이다.

하지만 욕심이 지나치면 문제가 발생한다. 한비자는 욕심이 지나치면 생각이 흐트러진다고 말한다. 생각이 흐트러지면 상황을 올바로 파악할 수 없다. 상황을 제대로 인식하지 못하면 자신이 원하는 목적을 달성하는 데 수단과 방법을 가리지 않게 된다. 수단과 방법을 가리지 않으면 원하는 목적을 쉽게 달성할 수 있다. 그러나 수단과 방법을 가리지 않는 대가는 반드시 지불해야 한다. 언젠가는 불법을 저지른 것이 탄로 나기 때문이다.

《한비자》에는 "욕심은 눈을 어둡게 만든다"며 이런 이야기가 전해진다.

위(衛)나라의 어떤 사람이 그 딸을 시집보내면서 이렇게 가르쳐 말했다.

"될 수 있는 데까지 남몰래 재물을 모아야 한다. 남의 집 며느리가 되면 쫓겨나는 것이 보통으로 끝까지 눌러 있는 일은 드무니까 말이다."

딸은 시집에서 몰래 재물을 모으다가 결국 탄로가 나서 시어머니한테 쫓겨나고 말았다.

딸이 집에 돌아올 때 가지고 온 것은 시집갈 때 가지고 간 것의 배나 되었다. 아버지는 딸에게 가르친 것이 잘못되었음을 깨닫기는커녕 재산을 불리게 된 자신의 지혜를 자랑하였다.

오늘날 벼슬자리에 있는 사람들은 모두 이런 부류들이다.

《한비자》가 쓰였던 시대는 춘추전국시대로 한 치 앞을 예측할 수 없는 혼란의 시대였다. 당시 벼슬아치들은 자신의 욕심을 채우려고 수단과 방법을 가리지 않았다. 나라를 팔아먹으면서까지 재물을 탐했다. 그래서 당시에는 하루아침에 나라의 주인이 바뀌기도 했다. 충성스러운 신하가 없었으니 당연한 결과다. 욕심에 눈이 멀어 나라를 위태롭게 하는 신하들을 한비는 비판한 것이다.

노자는 "만족할 줄 모르는 것이 곧 최대의 화근이다"라고 말했다. 《명심보감》 안분(安分)편에는 만족할 줄

■ 한비(韓非, 기원전 280 추정~기원전 233)

전국시대 말기 한(韓)나라 출신으로 법가(法家)의 사상을 집대성했다. 그는 자신의 조국의 현실을 개탄하며 《고분》, 《오두》, 《내외저설》, 《설림》, 《세난》 등 십만여 자에 이르는 저작을 써서 자신의 주장을 펼쳤는데, 이것을 진시황이 읽고 그를 얻기 위해 전쟁을 일으키기도 했다. 그의 이론과 주장이 《한비자(韓非子)》에 잘 나타나 있다.

모르는 사람의 삶에 대해 이렇게 전하고 있다.

"만족함을 아는 사람은 가난하고 천하여도 즐겁고, 만족함을 모르는 사람은 부유하고 귀하여도 역시 근심한다."

마음을 다스리고 수양하는 데도 최대의 적은 욕심이다. 《맹자》에서 전하는 메시지를 들어보자. "마음을 수양하는 데는 욕심을 적게 하는 것보다 더 좋은 것이 없다." 더 이상 설명이 필요 없다. 욕심이 생기면 생각이 흐트러져 마음을 수양할 수 없게 된다. 《채근담》에서도 같은 의미의 말이 전해진다.

"뽐내고 거만한 것은 객기일 뿐이니
객기를 누른 뒤에야 지극히 크고 굳센 기가 펴진다.
욕망과 의식은 모두 망령된 마음이니
망령된 마음을 없앤 뒤에야 참된 마음이 나타난다."

그렇다면 욕심이 발견될 때 어떻게 해야 할까? 이 또한 《채근담》에서 전하는 메시지에 귀를 기울일 필요가 있다.

"불현듯 일어난 생각이 사사로운 욕심으로 치닫고 있음을 깨달으면,
얼른 도리의 길로 돌아와야 한다.

일어나자마자 깨닫고 깨달으면 곧 되돌리는 것,

이것이 전화위복 기사회생의 관건이니,

절대로 가벼이 지나쳐서는 안 된다."

    욕심은 필요하다. 하지만 과도한 욕심은 삶을 해치는 무기가
된다. 이 말을 마음에 새겨 삶의 현장에서 욕심을 다스리며 살
아가도록 힘쓰자.

" 선한 일에
관심을
가지라
"

 선한 일은 아무리 작아도 하지 않으면 안 되고,
악한 일은 아무리 작아도 해서는 안 된다.

−《명심보감》

한나라 소열(昭烈) 황제는 뒤를 이을 아들 후주(後主)에게 유
언으로 "선한 일은 아무리 작아도 해야 된다"라고 말했다. 한
나라의 황제가 죽으면서 남긴 유언치고는 보잘것없어 보인다.
나라를 통치하는 기술도 아니고 "착하게 살아라"는 말을 한 것
이다. 황제였지만 인생을 살아보니 악한 일보다 선한 일을 해
야 함을 깨달은 것이라 할 수 있다.

청소년들은 이 말에 이런 생각을 할 수도 있을 것이다. '황제면 자신이 하고 싶은 것을 마음대로 하면 되는데 굳이 선한 일을 하며 살 필요가 있을까?' 하지만 인생을 살아본 사람들은 공통적으로 선한 일을 하며 살라고 말한다. 장자의 말을 들어보자.

"하루라도 선을 생각하지 않으면 모든 악이 저절로 일어난다."

선을 의도적으로 생각하지 않으면 그 틈을 이용해 악이 일어난다고 장자는 말한다. 장자는 한술 더 떠서 자신에게 악하게 대한 사람에게도 선하게 대해야 한다고 말한다.

"내게 선하게 대하는 자에게는 선하게, 악하게 하는 자에게도 선하게 대하라. 내가 악하게 대하지 않으면 그자도 나에게 악하게 하지 않을 것 아닌가."

왜 선하게 행동해야 하는지 더 이상 설명이 필요 없을 정도로 명확하게 이야기하고 있다. 장자뿐만 아니라 공자도 《명심보감》에서 선한 일을 해야 함을 이렇게 강조한다.

"착한 일을 보면 부족한 것 채우듯 하고 아니거든 뜨거운 물에 손을 넣은 것처럼 하라."

맹자는 사람이 갖추어야 할 덕목을 인의예지로 말하며 왜 선하게 행동해야 하는지를 말한다. 그중 인(仁)과 의(義)는 남의 어려움을 보고 측은하게 여기고, 나쁜 행동을 보고 부끄러워하거나 미워하는 마음을 품는 것이라고 한다. 즉, 어려움을 보고 선하게 행동하고, 나쁜 행동은 부끄러운 마음을 품고 하지 말라는 뜻이다.

"콩 심은 데 콩 나고 팥 심은 데 팥 난다"는 속담이 있다. 심는 대로 거둔다는 뜻이다. 이것은 식물뿐만 아니라 우리 삶에도 정확히 적용된다. 선한 일을 하면 선한 삶의 열매가 맺히고 악한 일을 하면 악한 열매가 맺힌다. 또한 열매가 맺힌 대로 누군가에게 영향을 준다. 지금뿐만 아니라 성인이 되어서도 자신이 뿌려놓은 씨앗대로 열매를 수확하게 된다. 그리고 그 수확의 열매는 후손들에게도 그대로 전수된다. 그러므로 어떤 일이 있어도 선하게 살겠다는 다짐을 해야 한다.

《성경》에서는 "선(善)한 데 지혜롭고 악(惡)한 데 미련하기를 원하노라"는 말씀이 전해진다. 선한 일에 힘쓰고 악한 일은 버리라는 의미이다. 어떤 모양이든지 악한 일은 하지 말라는 뜻이다. 미련하게 대하면 악한 일을 할 수 없게 된다. 대신 선한 일에는 지혜를 동원해 할 수 있는 한 최선을 다하라고 말한다.

선한 일을 하려면 자신이 손해볼 때도 있다. 대부분의 악한 일은 자신의 이익 때문에 벌어진다. 하지만 선한 일은 다르다. 선한 일을 하려면 자신의 시간을 투자해야 되고, 노력과 헌신이 필요하다. 때로는 돈도 내야 하는 상황도 생긴다. 자기희생이 뒤따르는 것이 선한 일이다. 선한 일을 하면 하늘도 돕는다고 한다. 《도덕경》의 말을 들어보자.

> "하늘의 도는 특별히 친한 사람이 없다.
> 항상 착하게 사는 사람과 함께 한다."

선한 일은 누군가를 돕는 일이며 사랑하는 것이다. 나 혼자 잘 먹고 잘사는 것이 아니라 모두가 함께 잘사는 세상을 꿈꾸는 일이다. 단지 마음만 착한 것이 아니라, 그 착함으로 주변과 이웃을 사랑하는 것이다. 인문정신으로 무장한 사람들은 거의 대부분이 누군가의 삶에 도움을 주고 사랑하려는 목적을 갖고 있었다. 집현전을 세워 끊임없이 학문을 연구한 세종대왕의 삶이 그랬다. 한글을 만들고 과학을 장려한 것은 모두 백성의 삶을 윤택하게 만들기 위해서였다. 세종대왕이 집현전에서 학자들에게 한 말을 들어보면 그 의도를 알 수 있다.

"내 유일한 소망은 백성이 원망하는 일과 억울한 일에서 벗어나는 것이요, 농사짓는 마을에서 근심하면서 탄식하는 일이 영원히 그치는 것이요, 그로 인해 백성이 살아가는 기쁨을 누리고자 하는 것이다. 너희들은 내 지극한 마음을 알아주었으면 한다.”

　“우리 모두 목숨을 버릴 각오로 독서하고 공부하자. 조상을 위해, 부모를 위해, 후손을 위해 여기서 일하다가 같이 죽자.”

　선한 일이야말로 인간다운 삶의 길을 걷는 데 꼭 필요한 덕목이다. 어쩌면 인문학을 공부하는 이유도 선한 일을 하기 위한 것일 수도 있다. 선한 일이야말로 우리가 사는 세상을 보다 아름답게, 좀 더 살기 좋은 곳으로 만들어가는 밑거름이다.

" 매일 삶에서
던져야 할
세 가지 질문 "

바쁜 가운데에서도 일을 해야 할 때에는

항상 틈을 내어 미리 점검해두면 실수가 절로 줄

어들고,

수시로 잡념이 떠오를 때에는

고요할 때 미리 확고히 생각을 붙잡고 있으면

잘못된 마음이 절로 사라진다.

−《채근담》

사람다움의 길은 자신을 돌아보는 시간을 가질 때부터 시작
된다. 어떻게 살아왔는지 점검하며 앞으로 살아갈 삶을 성찰하

는 시간이 있어야 한다. 자신의 내면을 바라볼 수 있어야 어떤 사람인지 알 수 있고 잘못된 점도 보인다. 아무리 학교 공부가 바쁘고 해야 할 일이 많아도 틈을 내 미리 점검해두어야 한다. 그래야 잘못을 저지를 일이 줄어든다. 또한 실수할 일도 없어진다. 침착하게 자신을 돌아보면 좋지 않은 모습이 발견되고, 그에 따른 대처 능력도 생긴다.

삶이 분주하면 자신의 생각을 붙잡아둘 수 없다. 수많은 잡념이 생각을 덮어 온전한 삶의 가치를 유지하기 힘들게 한다. 사람답게 살아가는 길을 잃게 만든다. 그래서 자신의 삶을 살피며 반성하는 시간을 가져야 한다. 매일의 삶에서 자신을 돌아볼 수 있다면 누구든지 사람다움의 길을 걸어갈 수 있을 것이다. 《논어》 학이(學而)편에는 하루 세 가지 질문으로 자신을 성찰해야 함을 강조한다. 나는 날마다 다음 세 가지 점에 대해 나 자신을 반성한다.

- 남을 위하여 일을 꾀하면서 진심을 다하지 못한 점은 없는가?
- 벗과 사귀면서 신의를 지키지 못한 일은 없는가?
- 배운 것을 제대로 익히지 못한 것은 없는가?

첫 번째 질문은 어떤 일을 하면서 진실 된 마음으로 임하는가에 대한 것이다. 성심을 다해 최선을 다했는가라는 의미이다. 자신의 일은 목숨을 걸고 하면서 자신과 관련된 일이 아니면 소홀히 여기는 마음을 돌아보라는 뜻이다. 학교나 단체의 공동체에서 자신이 한 행동을 살펴보고 반성할 것을 찾아보라는 메시지이다.

두 번째 질문은 자신이 만나는 사람을 어떻게 대하는지에 대한 물음이다. 특히 친구를 사귐에 있어서 신뢰할 수 있도록 행동하는지에 대해 살펴야 한다는 뜻이다. 여러분은 친구를 사귈 때 신뢰를 주는 말과 행동을 하는가, 아니면 자신의 이익에 따라 그때그때 처세술을 달리하는가? 사람을 사귐에 있어서 이해타산을 따지기 전에 갖춰야 할 덕목은 신의를 지키며 상대를 대하는 것이다. 어떤 말과 행동을 하더라도 상대방이 신뢰할 수 있도록 해야 한다. 그렇게 하루의 삶을 살았는지 반성해보라는 메시지이다.

세 번째 질문은 인생을 살아가면서 꼭 알아야 할 것들을 삶에서 실천하며 살았는지를 살피라는 물음이다. 공부는 학(學)과 습(習)이 조화를 이뤄야 좋은 결과를 기대할 수 있다. 배웠으면 익히는 시간이 필요하다. 배우기만 하면 성장할 수 없다. 배운 다음에는 반드시 자신의 것으로 만드는 습(習)의 과정이 필요하다. 마찬가지로 사람답게 살아가려면 인생에 꼭 필요한 덕목을 삶에서 배운 대로 실천하는 습관을 길러야 한다. 그래야 그 앎이 자신의 것이 된다. 앎이 인격이 되고 삶이 되는 것이다.

《주역》에서도 매일의 삶에서 반성하는 시간이 중요함을 이렇게 말하고 있다.

"군자가 종일 쉬지 않고 애쓰며, 저녁에 반성하면 어려운 일이 있더라도 허물은 없으리라."

하루의 삶을 살다보면 실수할 때도 있고, 자신도 모르게 누군가의 마음을 아프게 할 수도 있다. 성숙하지 못한 행동을 했더라도 저녁에 반성하면 그다음 날은 어제보다 좀 더 나은 생각과 행동을 하게 된다. 그러면 자신의 잘못을 줄여갈 수 있다. 잘못된 행동을 하는 것보다 더 중요한 것이 매일의 삶에서 자신을 반성하는 시간이 필요하다는 말이다.

《논어》의 세 가지 질문처럼 세계적인 문학가 톨스토이도 삶 속에서 세 가지 질문을 던질 것을 강조한다. 그의 단편 《세 가지 질문》에서 인생의 진리를 발견할 만한 질문을 던지며 그 답을 찾는 과정을 이야기한다. 세 가지 질문은 인생에서 중요한 것이 무엇인지 발견하도록 핵심을 찌른다.

- 첫째, 이 세상에서 가장 중요한 시간은 언제인가?
- 둘째, 가장 필요한 사람은 누구인가?
- 셋째, 이 세상에서 가장 중요한 일은 무엇인가?

톨스토이가 말하는 답을 듣기 전에 스스로 답을 생각해보라. 톨스토이는 작품에서 가장 중요한 시간은 지금이라고 말한다. 가장 필요한 사람은 바로 지금 내가 만나는 사람이며, 이 세상에서 가장 중요한 일은 지금 내 곁에 있는 사람에게 선을 행하는 일이라고 말한다.

나중에 잘하겠다는 사람치고 그 약속을 지킨 사람을 찾아보기 힘들다. 인생에서 가장 중요한 시간은 바로 지금이다. 지금 내가 처해 있는 상황에서 최선을 다하고, 지금 만나는 사람에게 내가 할 수 있는 한도 내에서 선(善)을 베푸는 것이다. 그렇게 하기 위해 《논어》에서 전하는 세 가지 질문으로 매일 자신을 성찰하도록 힘써야 한다. 그런 노력을 기울였을 때 의미 있는 인생을 살아갈 수 있고, 사람다움의 길을 걸어갈 수 있다.

" 자신을
사랑할 줄 아는
사람이 돼라 "

 훌륭한 사람은 자기를 사랑하는 사람이어야 하니,
이는 그가 고귀한 것들을 행함으로써 자신을 기쁘
게 하고,
다른 사람들에게 유익을 줄 것이기 때문이다.

-《니코마코스 윤리학》

사람다움의 길을 걸어가려면 자신을 사랑할 줄 알아야 한다.
자신을 사랑하는 사람이 다른 사람을 사랑할 수 있다. 자신을
사랑하지 못하면 다른 사람을 사랑할 수도 사람다움의 길을 걸
어가기도 힘들다.

보통 자신을 사랑한다면 자신의 이익만을 위한 사람이라고 생각한다. 하지만 여기서 자신을 사랑한다는 것은 이기적인 마음을 뜻하는 것이 아니라 자신의 삶의 발전을 위해 노력하는 사람을 일컫는다. 조금이라도 사람다움의 길을 걸어가려고 노력하는 삶의 모습을 갖춘 사람을 향해 자신을 사랑하는 사람이라고 말한다. 일찍이 아리스토텔레스는 사람이 살아가면서 갖추어야 할 덕목을 책으로 남겼다. 그것도 자신의 아들을 위해 썼다. 그 글에서 아리스토텔레스는 자신을 사랑하는 의미를 이렇게 말했다.

"만약 누군가가 언제나 올바른 일들을 행하는 데에, 혹은 절제하는 일에, 혹은 탁월성에 따르는 것에 다른 누구보다 더 열심을 기울인다면, 누구도 그를 '자기를 사랑하지 않는 사람'이라고 부르지 않을 것이며, 그를 비난하지도 않을 것이다. 따라서 훌륭한 사람은 자기를 사랑하는 사람이어야 하니, 이는 그가 고귀한 것들을 행함으로써 자신을 기쁘게 하고, 다른 사람들에게 유익을 줄 것이기 때문이다."

아리스토텔레스는 자기 성장을 위한 목적으로 자신을 사랑하는 사람이 다른 사람에게 유익을 줄 수 있다고 여겼다. 아리스토텔레스는 더 나아가 "올바른 일을 하는 것, 절제하는 것, 그리고 탁월함을 추구하는 것에서 남들보다 앞서는 이기적인 사람이 되라!"라고 말했다. 자신을 적극적으로 사랑하는 사람이 되라는 주문이다. 그런 삶의 태도를 갖추었을 때 최고의 선인 행복을 추구할 수 있다고 생각한 것이다.

많은 청소년이 공부 때문에 힘든 생활을 한다. 때로는 원하는 삶의 목표를 이루지 못해 비난을 듣기도 한다. 다른 사람의 평가에 전전긍긍하다 극단적인 선택을 하는 청소년도 많다. 이것은 자신을 사랑하는 마음이 부족해 생긴 현상이다. 자신을 사랑하는 마음이 부족하다보니 다른 사람을 의식하고 그들의 평가에 민감하게 반응한다. 하지만 자신을 사랑하는 사람들은 남이 나를 어떻게 보는지 별 상관을 하지 않는다. 이미 자신은 존귀한 사람이라고 여기고 있으니 다른 사람의 평가나 시선이 중요하지 않은 것이다. 그래서 더욱 자신을 아끼고 사랑할 줄 아는 사람이 되도록 힘써야 한다.

《모리와 함께 한 화요일》이라는 책이 있다. 루게릭 병으로 시한부 삶을 살고 있는 스승을 화요일마다 찾아가 인생의 소중한 가치들을 배운 내용을 담아 놓은 책이다. 이 책에서 스승인 모리 교수는 인생에서 가장 중요한 것에 대해 이렇게 말해준다.

"인생에서 가장 중요한 것은 사랑을 나누는 법과 사랑을 받아들이는 법을 배우는 것이다."

사회적인 성공을 이루고, 학문에도 뛰어난 업적을 지닌 교수에게 들은 내용치고는 너무 허무하다는 생각이 든다. 하지만 산전수전(山戰水戰) 다 겪고, 어느 정도 성공적인 삶을 산 사람이 인생을 마감하는 시점에서 한 말이라면 분명 새겨들을 필요가 있다. 인생에서 가장 소중한 것이 사랑을 나누는 법과 사랑을 받아들이는 법을 배우는 것이라고 한 말은 분명 깊은 의미가 담겨 있다.

사람은 자신을 사랑하는 법도, 남이 나를 사랑해줄 때 그것을 받아들이는 법도 서툴다. 그래서 스스로를 사랑하는 것도, 남을 사랑하는 것도 힘들어한다. 자신을 사랑하고 누군가의 사랑을 받아들이는 것은 아마 평생의 과제일 것이다. 그 과업을 완수하며 사는 것이 어쩌면 사람다움의 길의 완성일지도 모르겠다. 그러기에 오늘의 삶에서 자신을 아끼고 사랑하며 살아야 한다. 누군가의 말에 예민하게 반응하지 말고, 스스로를 존중하고, 있는 그대로의 자신을 사랑한다면 사람다움의 길을 걸어갈 수 있을 것이라 생각된다. 자신을 사랑해줄 수 있는 사람은 자신밖에 없다. 자신을 사랑하는 사람이 자신을 기쁘게 하고 다른 사람에게도 유익을 줄 수 있다.

제6장

앎을 삶으로
승화시키는 비결

청소년을 위한
인성인문학

" 사람다움의 길에 대한 정의를 내려라 "

사람답게 살아가는 길은 말처럼 쉬운 일이 아니다. 수많은 사람이 사람답게 살겠다고 굳게 다짐하고 살지만 쉽게 쓰러지고 무너진다. 조금만 한눈을 팔면 어느새 나쁜 습관들이 자신을 사로잡는다. 자신도 모르는 사이에 쥐도 새도 모르게 삶을 장악한다. 이런 삶의 습관을 알아차렸는지 예로부터 인디언 체로키부족은 자손들에게 나쁜 습관을 이겨내는 방법을 가르쳐왔다. 그 방법은 이렇다.

마음속에는 악한 늑대와 착한 늑대가 살고 있다고 말한다. 그런데 두 늑대 중 어느 쪽이 이길지는 전적으로 자신에게 달려 있다고 한다. 자신이 평소에 먹이를 주는 늑대가 승리한다는 것이다. 절제하지 않고, 비난하고, 정직하지 않게 행동하면 나쁜 늑대가 승리한다는 것이다. 반면, 착한 늑대가 좋아하는 먹이를 주면 자연스레 악한 늑대는 설 자리가 없다. 삶에서 승리를 하려면 두 늑대가 좋아하는 먹이가 무엇인지 알 필요가 있다. 먹이를 선별해서 주려고 힘쓰면 사람답게 살아가는 방법을 터득할 수 있다.

이와 같은 방법을 삶에 적용시키려면 사람다움의 길이 무엇인지에 대해 스스로의 정의가 필요하다. 어떤 길이 사람다움의 길인지 명확하게 정의를 내릴 수 있어야 그대로 실천하며 살 수 있다. 인문학을 공부한다는 것은 사람다운 삶의 길에 대한 정의를 스스로 찾는 과정이다. 누가 가르쳐주지 않기에 스스로 질문을 던지고 답을 찾으며 그것을 찾아야 한다. 그 길을 제대로 찾기만 하면 그만큼 삶에 힘이 있고 허투루 살지 않게 된다.

우리 선조들도 어떻게 살 것인지 명확하게 정의를 내리고 삶을 리드해갔다. 대표적인 인물이 율곡 이이(李珥)이다. 율곡은 20세가 되던 해 앞으로 걸어갈 인생의 이정표를 정립했다. 그리고 그 목표를 실천하기 위한 구체적인 목표도 세웠다. 스스로를 경계하는 글이라고 해 자경문(自警文)이라고 했다. 대표적으로 11가지가 전해지는데 아래와 같다.

1. 입지(立志) – 뜻을 크게 세우고 성인을 본보기로 삼아 그 위치에 이르기까지 끊임없이 노력한다.
2. 과언(寡言) – 마음을 정하는 일은 말을 적게 하는 데서 시작된다.
3. 정심(定心) – 놓아버린 마음을 거두어들인다.
4. 근독(謹篤) – 늘 경계하고 두려워하며 삼가야 할 것은 조심한다.
5. 독서(讀書) – 옳고 그름을 분간해 일을 할 때 적용하기 위한 목적으로 글을 읽는다.
6. 소제욕심(掃除慾心) – 재산과 명예에 마음을 두지 않는다.
7. 진성(盡誠) – 할 만한 일이면 정성을 다해야 한다.
8. 정의지심(正義之心) – 온 천하를 얻기 위해 죄 없는 사람 한 명이라도 희생시켜서는 안 된다.
9. 감화(感化) – 아무리 포악한 사람이라도 감화시킨다.
10. 수면(睡眠) – 때 아닌 잠을 경계한다.
11. 용공지효(用功之效) – 수양과 공부는 서두르지 않고 꾸준히 계속한다.

11가지 덕목을 지키며 산다면 바람직한 삶의 태도는 물론

원하는 목표도 성취할 수 있을
것이라는 것은 그의 삶의 결과
를 보지 않더라도 상상이 간다.
이처럼 사람다움의 길에 대한
정의는 매우 중요하다. 그것이
삶의 중심을 잡아주고 바람직
한 인생의 태도를 품을 수 있도
록 돕기 때문이다. 아무런 삶의
목표도 없이 산다면 어느 순간
악한 늑대가 자신을 지배하고
있다는 것을 발견하게 된다.

■ **율곡 이이(李珥, 1536~1584)**
조선 중기의 문신이자 유학자. 〈동호문답〉,
〈만언봉사〉, 〈시무육조〉 등의 상소를 올려 조
선 사회의 제도 개혁을 주장했다. 또 유교적
이상을 담은 제왕의 정치교과서인 《성학집
요》를 편찬해서 선조에게 올리기도 했으며,
임진왜란 이전 국방력 강화를 위해 10만양병
설을 주장하였던 선각자였다. 또한 어린이 교
육을 위해 《격몽요결》을 편찬하였다.

미국 초대 대통령인 조지 워
싱턴은 어린 시절부터 어떻게
살아야 할지 명확하게 삶을 정
의했다. 그렇다고 그의 삶이 부
유하진 않았다. 두 번째 부인의
아들로 태어났고, 인생이 무엇

인지 미처 알기도 전인 열한 살 때 아버지마저 세상을 떠났다.
어려운 가정형편은 정규학교도 제대로 다니지 못하게 했다. 하
지만 그는 비뚤어진 삶을 살지 않았다. 어느 날 읽게 된《정중

함의 법칙과, 회사와 대화에서의 바른 행동》이란 책에서 평생 마음에 새길 만한 문구를 발견해 그것을 토대로 인생을 살았다. 무려 110가지 원칙을 수첩에 적어두고 실천했다. 그런 삶의 노력은 그를 바람직한 성품을 갖춘 리더로 성장할 수 있게 했고, 초대 대통령이 되도록 이끌었다.

미국 건국의 아버지로 불리는 벤저민 프랭클린은 바람직한 인격을 형성하며 살기 위한 노력을 기울이며 살았다. 마음속 신념만으로는 삶을 변화시키는 것이 불가능하다고 생각해 인생을 살아가면서 꼭 지켜야 할 덕목 13가지를 정의한다. 절제, 과묵, 질서, 결단, 검약, 근면, 진실, 정의, 중용, 청결, 침착, 순결, 겸손이라는 규율을 정하고 그것이 습관이 되도록 피나는 노력을 기울였다. 무려 50년을 쉬지 않고 자신이 세운 삶의 정의를 훈련한 결과 그것이 그의 인격이 되었다.

자신이 걸어가려는 길에 대해 명확히 정의하고 나아간 사람의 삶은 다르다. 때로는 샛길로 빠지는 일도 있겠지만, 중심을 잡아주는 덕목이 있으니 다시 제자리를 찾는다. 자신이 세우고 정의한 삶의 길로 뚜벅뚜벅 걸어가는 힘은 삶의 방향을 올바르게 설정했을 때 가능하다. 여러분은 사람다움의 길을 어떻게 정의하고 나아가고 있는가?

" 읽어라,
읽어야 삶의 길을
찾을 수 있다 "

인문학이 사람다움의 길을 발견하도록 돕는 것은 틀림이 없다. 자신이 누구이며, 어떻게 살아가야 하고, 참된 삶이 무엇인지 알게 하는 것이 인문학이다. 또한 여기저기서 인문학을 이야기하다 보니 청소년들도 인문학을 모르면 안 될 듯한 분위기이다. 대학 입시와 취업에서 인문학적인 사고와 지식을 요구하고 있다. 한국사는 필수적으로 공부해야 되고, 논술전형은 철학적인 사고로 무장하면 좋은 성적을 거둘 수 있다. 대기업 입사시험에서는 역사적인 지식을 바탕으로 현실을 분석하고 대안까지 제시할 수 있는 인재를 선발하고 있다. 인문학적인 지식을 습득하면 학교 공부와 사회생활까지 해결할 수 있게 된 것이다.

인문학을 공부하면 위와 같은 장점보다 더 많은 효과를 거둘 수 있다. 그렇게 되려면 어찌됐든 인문학 서적을 읽어야 한다. 읽지 않고는 아무리 좋은 장점도 소용없다. 구슬이 서 말이라도 꿰어야 보배가 된다. 낱알들로 흩어져 있는 책 속에서 보물을 발견해 자신만의 것으로 꿰어야 한다. 그래야 보배로서 가치가 있다. 이는 삶을 변화시키는 토대가 된다.

책을 읽기가 점점 힘든 시대에 살고 있다. 첨단기기에 길들여져 진득하게 앉아 책을 읽기가 쉽지 않다. 특히 집중력을 요구하는 인문학 책은 더더욱 읽기가 힘들다. 살아온 시대가 다르고 언어가 달라 여간해서는 글을 이해하기 힘들다. 저자의 메시지는 고사하고 한 페이지 넘기는 것 자체가 힘든 싸움이 될 수 있다. 또한 인문학은 스스로 질문하고 답을 찾아야 하므로 책 읽기에 숙련되지 않은 청소년은 더욱 힘들 수 있다.

그러나 인문학 서적이 읽기가 아무리 어렵고 힘들어도 읽어야 된다. 읽어야 살 수 있다. 인생의 큰 그림을 그리고, 사람이 살아가는 원리를 터득하고, 사람다움의 길을 걸어가려면 반드시 읽어야 한다.

읽어야 한다는 이유를 알았지만, 독서습관을 길들이기 힘든 사람을 위해 세계 명문가문들이 자녀들에게 어떻게 독서교육을 시키는지를 살펴보겠다. 그들의 지혜를 본받아 내 삶에 적용시키는 지혜로 활용하면 좋을 것이다.

영국인이 가장 존경하는 인물 중 한 사람인 윈스턴 처칠이 있다. 할아버지가 아일랜드 총리를 지냈고, 아버지 랜돌프는 국회의원과 재무장관을 지낼 정도로 유력한 집안이었다. 집안 내력과 달리 처칠은 고등학교를 다닐 때까지 꼴찌를 면치 못했다고 한다. 하지만 어렸을 때부터 이어온 독서 덕분에 사관학교 시절부터는 성적이 상위권으로 도약할 수 있었다.

처칠이 어린 시절부터 주로 읽은 책은 역사 분야 책이었다. 특히 에드워드 기번의 《로마제국 쇠망사》를 좋아했다고 한다. 그런 책의 영향 때문인지 모르지만, 처칠도 한 나라의 총리가 되어 힘든 전쟁을 승리로 이끄는 공헌을 한다. 책으로 가문을 일으킨 처칠가는 대대로 전해지는 독서비법이 있다.

첫째, 제1의 필독서를 만들라. 자신의 삶을 지탱해줄 만한 책을 찾으라는 것이다. 둘째, 역사서를 기본으로 읽고 문학, 철학, 과학, 경제로 범위를 넓히며 읽으라. 역사에서 삶의 교훈을 얻고 살아갈 비책을 만들어 그것을 바탕으로 다양한 분야로 지식의 범위를 넓혀가라는 의미이다. 셋째, 책을 읽으면서 좋은 문장은 외우고 글쓰기에 모방하라. 한 권을 읽더라도 허투루 읽지 말 것을 이야기한다. 마지막으로 꼴찌를 하더라도 독서의

신이 되도록 책을 읽으라. 책을 읽는다고 당장 성적이 오르는 것은 아니지만 언젠가는 도약할 수 있는 원동력으로 작용될 것을 알았기에 이렇게 말한 것이다.

투자의 귀재로 불리는 워런 버핏은 돈을 번 만큼 사회적인 신분에 상응하는 도덕적 의무도 열심히 하고 있다. 그의 기부는 더 이상 뉴스거리가 안 될 정도로 일상화되었다. 그가 시대의 흐름을 읽어내고 투자에서 성공할 수 있었던 것은 모두 독서에서 비롯되었다. 버핏은 열 살이 되기 전에 오마하 공공도서관에 있는 투자, 금융, 증권 시장에 관련된 책을 모조리 대출해서 읽었다고 한다. 아버지의 영향으로 어렸을 때부터 경제서적 위주로 책을 읽은 것이 훗날 투자자가 될 수 있는 바탕이 되었다.

워런 버핏 가문의 독서비법은 다음과 같다. 첫째, 읽고 싶은 책을 잘 보이는 곳에 두는 것부터 시작하라. 책이 보이는 곳에 있어야 쉽게 읽기를 할 수 있기 때문이다. 둘째, 모든 책을 다 읽을 수 없으니 선택과 집중을 해서 읽으라. 읽어야 하는 분야를 정해 집중적으로 읽으면 한 분야에서 전문가가 될 수 있다는 의미이다. 셋째, 소설과 교양서를 통해 삶의 지혜를 섭취하라. 인간 군상의 모든 모습을 볼 수 있는 소설로 삶의 지혜를 터득하라는 것이다.

자선사업의 원조로 불리는 앤드류 카네기는 도서관에서 삶의 지혜를 배웠다. 초등학교 4학년 이후로는 정규교육을 받지 않았지만 독서를 통해 교양과 지식을 쌓아 대학교육을 받은 사람 못지않은 실력을 갖게 되었다. 카네기는 어린 시절 역사와 문학에 관심이 많았다. 가장 감명 깊게 읽은 책은 영국 자유주의 역사가이자 정치가인 토머스 매콜리의 《영국사》, 《밀턴론》이었다. 이 책을 통해 자유와 평등, 평화를 중요하게 여기고 억압과 차별이 없는 사회를 꿈꾸었다. 그리고 사업가로 성공해 자기 재산의 90퍼센트를 기부해 학교와 도서관을 지었다.

카네기 가문에서 전해 내려온 독서비법은 다음과 같다. 첫째, 도서관을 자주 찾고 책과 친해지라. 자신이 어린 시절 도서관에서 꿈을 품고 지식을 쌓았던 것처럼 후손들에게도 도서관의 중요성을 이야기한다. 둘째, 현재 환경을 탓하지 말고 책을 통해 미래를 개척하라. 책 속에 인간 삶의 과거, 현재, 미래가 담겨 있다는 의미이다. 셋째, 좋은 문구를 보면 메모해두고 이를 가슴에 새기며 나아가라. 넷째, 인생의 목표를 세우고 책을 읽으라. 사람다움의 길을 걷기 위한 정의를 세우는 것과 같은 의미이다.

대대로 성공적인 삶을 이어온 가문에서 전하는 메시지는 비슷한 부분이 많다. 그들의 독서 비법에서 교훈을 삼아 내 삶에 적용시킬 것들을 삶에서 실천해 보면 좋겠다. 생각만으로는 삶을 변화시킬 수 없으니 반드시 독서가 습관이 될 때까지 읽겠다는 의지로 시작하자. 어떤 상황에 있더라도 읽어야 한다. 읽어야 삶의 길을 찾을 수 있다.

마지막으로 생각만 하며 "어떻게 하면 좋을까?"라고 말하는 사람은《논어》위령공편에서 공자가 한 말을 새겨들을 필요가 있다.

"'어찌하면 좋을까, 어찌하면 좋을까'하며 고민하고 노력하지 않는 사람이라면, 나도 정말 어찌할 수가 없다."

"잘못이 있어도 고치지 않는 것, 이것이 바로 잘못이다."

사색하고
필사하라

책을 읽으면 책에서 얻은 교훈을 완전히 자기 것으로 만들어야 한다. 온전히 소화하지 않고 배설해버리면 얼마 지나지 않아 뇌리에서 잊히고 만다. 그저 책 한 권 읽었다고 위안을 삼는 것은 의미가 없다. 책에서 얻은 삶의 소중한 지혜를 녹여내고 흡수하여 성장 동력이 되도록 해야 한다. 그렇게 하려면 책을 읽으면서 생각하고 생각하고 또 생각해야 한다. 이렇게 말한 사람은 춘추전국시대 제나라의 재상 관중(管仲)이었다.

"생각하고 생각하고 또 생각하라. 그러면 귀신도 통할 것이다. 그러나 이는 귀신의 힘이 아니라 정신의 극치이다."

생각하고 생각하는 과정을 사색이라고 한다. 독서는 사색하는 과정에서 영양분을 추려내고 흡수시킨다. 문자로 되어 있는 글이 자신 안에서 살아 숨 쉬고 열매를 맺도록 이끄는 것이 사색이다. 사색하며 읽지 않으면 책 내용이 자기 안에 체화되지 않는다. 그러면 제아무리 많은 책을 읽어도 생각과 삶은 변화되지 않는다. 조선 중기의 인문학자 류성룡의 말을 들으면 이해가 간다.

"다섯 수레의 책을 술술 암송하면서도 그 의미는 전혀 모르는 사람들이 있다. 왜 그런 일이 벌어지는가. 사색하지 않았기 때문이다."

독서는 문자를 해석해 그 의미를 파악하는 과정이다. 그런 일련의 과정에서 사람이 살아가면서 필요한 덕목과 지식을 습득하게 된다. 그런 지식이 효력을 발휘하게 하는 것이 바로 사색이라는 것이다. 영국의 철학자 존 로크의 말을 들어보자.

"독서는 단지 지식의 재료를 얻는 것에 불과하다. 그 지식을 자기 것으로 만드는 것은 오직 사색의 힘으로만 가능하다."

단 한 문장이라도 사색을 통해 삶에 대한 통찰을 얻으면 그것으로 족하다. 수천 페이지의 책을 읽고도 무슨 말인지 모르는 것보다는 백배 낫다. 사색은 자기만의 것으로 만드는 중요한 과정이다.

인문학을 창시한 페트라르카도 책을 읽으면 사색으로 마무

리했다. 페트라르카는 먼저 책을 읽고 자신이 중요하다고 생각
하는 글을 필사한 뒤 마지막으로 사색했다. 이것이 그의 하루
일과였다. 그렇게 생각하고 생각하
며 가장 인간다운 인간이란 무엇인
가에 대한 답을 찾아나갔다. 인문
학도 결국 사색의 결과물이다.

사색과 더불어 독서를 통해 삶을
변화시키는 중요한 과정 중 하나는
바로 필사이다. 필사는 책을 베껴
쓰는 것이다. 책을 베껴 쓰면 훨씬
이해도가 높아진다. 왜냐하면 베
껴 쓰기 과정에서 내용을 곱씹으며
읽을 수 있기 때문이다. 눈으로 읽
는 것보다 손으로 적는 과정은 훨
씬 느리다. 손으로 쓰는 동안 눈으
로는 여러 번 읽게 된다. 속으로 되
뇌며 읽게 되고, 세세한 부분까지
놓치지 않고 읽게 되므로 자연스레
이해력과 사고력이 증강된다.

페트라르카는 사색을 하며 필사

■ **페트라르카**(Francesco Petrarca, 1304~1374)
이탈리아의 시인이자 인문주의자. 1341년 로마에서 계관시인이 되었다. G. 보카치오가 그의 제자 중의 한 사람이다. 저서로는 성 아우구스티누스와 대화 형식으로 자기의 고민을 고백한 라틴어 작품 《나의 비밀》, 단테의 《신곡》을 모방한 《승리》, 금욕생활을 찬양한 《고독한 생활에 관하여》, 사랑의 빛과 어둠을 노래하는 서정시집 《칸초니에레》 등 다수의 작품이 있다.

도 함께 병행한 것으로 알려져 있다. 독서에서 꼭 필요한 덕목을 몇천 년 전에 이미 터득한 셈이다. 그는 인간다움을 처음 말했던 키케로의 글《서한집》을 전부 필사했다. 필사한 것으로도 모자라 중요한 내용은 모조리 암송했다. 암송했다는 것은 그것을 노트뿐만 아니라 자신의 마음속에 고스란히 베껴 놓는 것을 의미한다.《독서의 역사》에서 그가 전하는 말은 이렇다.

> "책을 읽다가 자네의 영혼을 뒤흔들거나 유쾌하게 만드는 경이로운 문장을 마주칠 때마다 자네의 지적 능력만을 믿지 말고 그것을 외우도록 해보게나. 그리고 그것에 대해 깊이 명상하여 친숙한 것으로 만들어보게. 그러면 어쩌다 고통스러운 일이 닥치더라도 자네는 고통을 치유할 문장이 마음속에 새겨진 것처럼 언제든지 준비되고 있음을 깨닫게 될 걸세."

다산 정약용도 책을 베껴 썼다. 그런 힘이 18년 유배생활 동안에 500여 권의 책을 집필하는 동력으로 작용했다. 다만 정약용은 책을 처음부터 끝까지 온전히 베껴 쓰지 않았다는 것이다. 정약용이 사용한 방법은 초서(抄書)였다. 초서의 '초(抄)는 노략질하다'라는 뜻이다. 그대로 풀이하면 책의 중요한 부분만

227
. . .

노략질하듯 베껴 쓰는 것이라 할 수 있다. 자신에게 의미 있다고 생각하는 부분만 베껴 쓰며 학문에 정진했다.

　사람들은 뭔가 좋은 것이 있으면 가족들에게 전해주려 한다. 정약용도 그랬다. 초서의 힘이 탁월하다는 것을 느끼고 아들에게도 초서를 권유한다. 저 멀리 남해안 바닷가에 유배당하고 있는 몸이었지만, 가문을 일으키려면 학문의 정진이 중요하다고 생각해 내린 결정이었다. 하지만 두 아들은 초서의 중요성을 크게 느끼지 못한 듯하다. 그러자 편지로 초서의 중요성을 다시 한 번 강조한다. 정민 교수의 《다산선생 지식경영법》에 이런 내용이 나온다.

> "초서의 방법은 먼저 내 학문이 주장하는 바가 있은 뒤에, 저울질이 마음에 있어야만 취하고 버림이 어렵지가 않다. 학문의 요령은 전에 이미 말했는데, 네가 필시 잊은 게로구나. 그렇지 않고서야 어찌 초서의 효과를 의심하여 이런 질문을 한단 말이냐? 무릇 한 권의 책을 얻더라도 내 학문에 보탬이 될 만한 것은 채록하여 모으고, 그렇지 않은 것은 눈길도 주지 말아야 한다. 이렇게 한다면 비록 백 권의 책이라도 열흘 공부거리에 지나지 않는다."

필사의 효과는 이미 세계적으로 명성이 자자하지만 어떤 글을 필사하는지에 따라 삶이 달라진다. 물론 사람다움의 길을 발견하고, 인생의 지혜를 깨달을 수 있는 좋은 책을 필사해야 할 것이다. 그런 의미에서 청소년기에《성경》속 〈잠언〉서를 필사할 것을 권유한다. 세상에서 제일 지혜로운 인물을 꼽으라면 단연 솔로몬이 떠오른다. 솔로몬의 지혜는 누구도 따라갈 수가 없다. 그런 인생의 지혜를 모아놓은 것이 바로《성경》속 〈잠언〉이기 때문이다.

사색과 필사의 중요성을 한마디로 정리해둔 이가 있다. 바로 조선의 성리학자인 윤휴이다. 그의 말을 마음속에 새겨둘 필요가 있다.

> "책을 읽으면 사색해야 한다. 그렇게 하면 얻는 게 있다. 그러나 만일 사색하지 않으면 얻는 것도 없다. 사색한 것은 글로 기록해야 한다. 그러지 않으면 사라지기 때문이다. 사색하고 기록한 뒤 다시 사색하고 해석하다 보면 깨닫고 알게 되어 언행이 두루 통하게 된다. 만일 이 과정을 거치지 않는다면 설령 깨닫고 알게 됨을 얻었더라도 도로 잃게 된다."

깨달음,
사람답게 사는 길의
키워드

사람이 변화하려면 앎에 대한 깨달음이 있어야 한다. '깨달음'의 사전적 정의는 이렇다. '제대로 모르고 있던 사물의 본질이나 진리 따위의 숨은 참뜻을 비로소 제대로 이해할 수 있게 됨.' 인문학 독서를 통해 깨닫는 것이 있어야 생각이 변화되고 곧이어 삶이 변화된다. 즉, 인문학 독서를 통해 사람답게 사는 길이 무엇인지 스스로 깨달아야 사람다움을 유지하며 살아갈 수 있다는 말이다.

옛 선인들은 글을 읽을 때 단순히 지식을 채우려고 읽지 않았다. 책 속에 숨은 참뜻을 제대로 이해할 때까지 읽어나갔다. 스스로 깨달음의 경지에 이를 때까지 읽기를 쉬지 않았다. 읽기가 부족하면 필사를 했고, 필사로도 부족하면 사색을 했다. 읽고 필사하고 사색하며 책 속에 숨은 뜻을 찾으려는 노력은 깨달음을 얻기 위해서였다.

조선 후기 실학이라는 학문을 주도한 반계 류형원의 말을 들어보자. 그가 어떤 태도로 책을 읽었는지를 알게 될 것이다.

"밝은 창가 조용한 책상 앞에서 가지런히 두 손 모으고 단정하게 앉아서 종일 독서한다. 혼신의 힘을 다해 책을 읽다가 고요히 사색에 잠긴다. 책에 적힌 성인의 말씀과 내 사색이 절묘하게 들어맞는 순간이 온다. 붓을 들어 그것을 기록한다. 이해가 안 되는 구절을 만나면 밥과 잠을 잊고서 매달린다. 그러면 언젠가 마음에 깨달음이 온다. 그때 나의 심장은 뜨겁게 고동치고 내 입술에선 흥겨운 노래가 나오고 내 손과 발은 덩실덩실 춤을 춘다."《리딩으로 리드하라》이지성, 문학동네)

류형원은 책을 읽을 때 깨달음이 올 때까지 책과 씨름했다. 깨달음을 얻지 못하면 잠도 자지 않았다. 음식도 뒤로한 채 책에서 전하는 메시지에 몰두했다. 그런 혼신의 노력을 기울이며 깨달음을 얻고자 했다.

제6장 앎을 삶으로 승화시키는 비결

그러면 왜 류형원은 그토록 깨달음을 얻기 위한 독서를 했을까. 깨닫지 않으면 자신의 것으로 만들 수 없기 때문이다. 책에 있는 글은 깨닫기 전까지는 내 것이 아니다. 온전히 깨달아야 그때 비로소 자신의 것이 된다. 자신의 것이 된다는 것은 응용이 가능하고 실천이 가능하게 됨을 의미한다. 실천할 수 있어야 앎이 삶으로 승화될 수 있다. 인문학에서 추구하는 사람답게 사는 길을 발견할 수 있고, 자신의 삶에 적용시키는 단계까지 끌어올릴 수 있다. 그러기에 인문학 독서를 함에 있어서 깨달음을 전제로 읽어야 한다.

세종대왕은 백독백습(百讀百習)으로 유명하다. 백 번 읽고 백 번 쓰면서 글을 읽었다. 청소년들이 생각하기에 시간낭비라고 할 수 있을 것이다. 할 일이 없으니 백 번 읽고 백 번 쓰며 시간을 보냈을 것이라 여길 수도 있다. 하지만 천만의 말씀이다. 세종대왕이 백 번 읽고 백 번 쓰면서 책을 읽은 것은 모두 깨달음을 얻기 위해서였다. 읽고 쓰면서 그 속에 담긴 참뜻을 이해하려고 했던 것이다. 그런 노력이 조선시대를 통틀어 가장 부요하고 창대한 문화유산의 업적을 만들어내게 한 것이다. 세종대왕은 책 속에 담긴 뜻을 깨달음으로 해서 나라를 어떻게 다스려야 하는지를 알게 되었다. 왕은 백성 위에 군림하는 것이 아니라 백성의 삶의 질과 평안을 위해 존재함을 알게 된 것이다.

깨달음이 한글을 만들어내고 과학문물을 탄생하게 했다.

유배지에서도 읽기와 쓰기를 쉬지 않은 다산 정약용은 깨달음을 얻는 독서를 했다. 그가 주장한 독서교육은 문심혜두(文心慧竇)를 여는 것이었다. 문심(文心)은 문자를 알아차리는 마음이자 이해하는 능력을 말하며, 혜두(慧竇)는 지혜의 구멍이자 지혜의 샘을 의미한다. 즉, 아이들이 글쓴이의 마음을 깨닫게 해서 두뇌 속에 잠재되어 있는 지혜의 문을 활짝 여는 목적으로 해야 한다는 것이다. 이것은 단순히 책에서 이야기하는 것을 깨닫는 것을 넘어 사람다움의 길을 걷기 위해 필요한 덕목이 무엇인지 살피라는 의미로 해석할 수 있다. 다산 연구가로 알려진 박석무 선생은 자신의 저서에서 "문심혜두를 개발하는 목적은 단순히 공부를 잘해 좋은 성적을 거두는 것이 아니라 올바른 한 사람으로 서가기 위해 필요한 것"이라고 말한다. 문심혜두를 연다는 것은 결국 깨달음을 얻기 위함이고, 그것은 올바른 삶을 살아가기 위한 것을 배우는 것임을 의미한다.

공자도 같은 말을 《논어》에서 전한다. "배우기만 하고 생각하지 않으면 막연하여 얻는 것이 없고, 생각만 하고 배우지 않으면 위태롭다." 위정편에 나오는 말인데 깨달음을 얻지 못한 배움은 의미가 없다는 말이다. 깨달아야 선인들의 지식이 자신의 것이 되고, 비로소 삶이 변화될 수 있다는 것을 공자는 말한다. 그렇지 않은 배움은 위태롭다고 강조한다.

　문학, 철학, 역사, 신화, 미술 등 다양한 인문학을 통해 진정으로 배워야 하는 것은 깨달음이다. 깨달음은 사람다움의 길이 무엇인지 아는 키워드와 같다. 핵심 키워드를 모르면 앞으로 나아갈 수 없다. 많은 학문을 섭렵하는 것보다 중요한 것은 단한 권의 책을 읽더라도 그 안에서 깨달음을 얻으면 된다. 그 깨달음을 바탕으로 오늘의 삶에 충실하면 비로소 사람답게 살아갈 수 있다. 그런 삶이 위태롭지 않다.

앎이
삶이 되는 길은
실행능력에 달렸다

"백문불여일견(百聞不如一見)"이라는 말을 한 번쯤 들어보았을 것이다. 백 번 들은 것보다 한 번 보는 것이 낫다는 의미로 쓰인 말이다. 이 말의 어원은 유향(劉向)이라는 사람이 《설원》이라는 책에서 한 말인데 그 원문은 이렇다.

> 귀로 듣는 것은 눈으로 보는 것만 못하다.
> 눈으로 보는 것은 발로 확인하는 것만 못하다.
> 발로 확인하는 것은 손으로 직접 실행하는 것만 못하다.

귀로 듣는 것보다는 눈으로 보고, 눈으로 보는 것보다는 발로 뛰고, 발로 뛰는 것보다는 손으로 직접 해보는 것이 중요하다는 말이다. 즉, 실행능력이 필요하다는 말로 풀이할 수 있다.

꿈을 이루고 원하는 삶의 목표를 이루어가는 데 가장 중요한 덕목 중 하나는 바로 실행능력이다. 제아무리 많은 것을 안다고 해도 그것을 실행하지 않으면 자신의 것으로 만들 수 없다. 눈에 보이지 않는 인생의 수많은 목표는 실행능력을 통해 자신의 것으로 만드는 것이다. 아는 것으로 끝내면 이룰 수 있는 것은 없다.

많은 사람이 꿈을 이루는 길을 알고 있다. 인문학으로 사람다움의 길을 걷는 것도 이제는 어느 정도 파악이 됐을 것이다. 그렇다면 이제는 그 앎을 자신의 것으로 만드는 노력을 기울여야 한다. 그것이 바로 실행능력이다. 실행하지 않는 지식은 더 이상 자신의 것이 될 수 없다. 세계적인 대문호 괴테는 "아는 것만으로는 충분하지 않다. 적용해야만 한다. 하려는 의지만으로는 충분하지 않다. 실행해야만 한다"라고 실행능력을 강조했다.

《논어》 안연편에는 공자와 제자 자장의 대화가 나온다. 인격 수양이 잘되어 있어 무슨 일이든 잘 해내는 능력인 통달에 대해 나누는 이야기이다. 자장이 공자에게 묻는다.

"어떤 선비가 통달했다고 말할 수 있습니까?"

공자는 다시 자장에게 되묻는다.

"네가 말하는 통달이란 무엇이냐?"

자장이 대답한다.

"나랏일이나 집안일이나 반드시 훌륭하다고 소문이 나서 그 명예가 드러나는 것입니다."

이에 공자가 말한다.

"그것은 단지 소문이지 통달한 것이 아니다. 통달한다는 것은 정직함을 바탕으로 삼아 정의를 좋아하고, 남의 말을 잘 헤아리고 모습을 살피며, 자신을 남보다 낮추어 생각하여, 나라 안에서도 반드시 통달하고 집안에서도 반드시 통달하는 것이다. 명성이 있다는 것은 겉모습은 인을 취하면서도 행실은 그렇지 않은 사람일 수 있다."

공자는 인격수양이 잘되어 무슨 일이든지 잘되려면 명성보다는 그 앎을 실행해야 함을 강조한다. 하지만 사람들은 겉으로 드러난 명성에만 관심을 가지고 있다는 것을 자장의 말을 통해 알 수 있다. 많은 사람이 사람다움의 길이라고 하면 외적인 업적을 갖춘 것이라고 생각한다. 이것은 잘못된 생각이다. 진정한 사람다움의 길이란 인격적으로 성숙한 모습을 집 안에서도 집 밖에서도 동일하게 실천하는 사람이다. 어디에서든지 일관된 삶의 태도를 보이는 것이 중요하다는 말이다. 그런 삶의 태도를 취하는 것이 중요한데, 이런 삶의 태도는 반드시 자신의 앎을 실행하는 능력에서 비롯된다는 것이다.

　사람다움의 길을 걸어간다는 것은 말처럼 쉽지 않다. 온갖 유혹이 호시탐탐 노리고 있다. 잠시 딴생각을 품으면 덫에 걸려들고 만다. 그래서 반드시 사람다움의 길을 걸어가겠다는 신념으로 무장해야 한다. 또한 어떠한 어려움이 닥치더라도 반드시 그러한 길을 걷도록 실천하는 노력이 필요하다. 그럴 때 앎이 삶으로 승화될 수 있다. 《채근담》에서 전하는 메시지를 들어보자.

> "대중이 제아무리 반대한다고 하더라도 자신의 양심이 옳다면 결단코 실행하라.
> 또한 남이 반대한다고 자신의 신념을 꺾지 마라.
> 때로는 그와 같은 오기와 용기가 필요하다.
> 그러나 자기의 의견과 같지 않다고 남을 함부로 배척해서는 안 된다.
> 옳은 말이면 누구의 말이든 귀 기울여서 그 의견을 받아들일 만한 아량이 있어야 한다."

　역시 실행능력의 중요성을 이야기하고 있다. 실행하지 않으면 얻을 수 있는 것은 없다. 사람다움의 길은 때로는 오기도 필요하다. 반드시 옳은 길을 걸어가고 말겠다는 의지도 품어야 한다. 그리고 자신에게 전하는 조언도 받아들일 수 있는 넓은 마음도 갖추어야 한다. 그리고 자기 삶의 길을 뚜벅뚜벅 걸어 가면 된다. 그럴 때 바람직한 인생의 길, 사람다움의 길을 걸어 갈 수 있다.

청소년을 위한
인성인문학

임재성 지음

발 행 일 초판 1쇄 2015년 10월 8일
         초판 2쇄 2016년 1월 8일
발 행 처 도서출판 평단
발 행 인 최석두

등록번호 제2015-000132호 / 등록일 1988년 7월 6일
주   소 경기도 고양시 덕양구 통일로 140 삼송테크노밸리 A동 351호
전화번호 (02)325-8144(代) FAX (02)325-8143
이 메 일 pyongdan@hanmail.net
I S B N 978-89-7343-421-3 (03810)

* 잘못된 책은 바꾸어 드립니다.

이 도서의 국립중앙도서관 출판시도서목록(CIP)은 서지정보유통지원시스템
홈페이지(http://seoji.nl.go.kr)와 국가자료공동목록시스템(http://www.nl.go.kr/kolisnet)에서
이용하실 수 있습니다.
(CIP제어번호: CIP2015023256)

저희는 매출액의 2%를 불우이웃돕기에 사용하고 있습니다.